님께

_____

드림

_____

사랑이 끝나고 나는 더 좋아졌다

사랑이 끝나고

나는 더 좋아졌다

디제이아오이 지음

쓰리먼쓰 그림 · 김윤경 옮김

자니?

사랑이 느닷없듯,
이별도 느닷없이 옵니다

　저도 겪어봤지만 처음 경험하는 이별은 참을 수 없이 쓰라립니다. 시간이 해결해준다고요? 네, 머리로는 알고 있지만 정말로 길게 느껴질 뿐이고 누가 곁에서 "분명히 더 좋은 사람이 나타날 거야"라며 무책임한 위로를 건네도 속만 탈 뿐이죠. 그치지 않는 비는 없는 법이라고 자신을 가만히 다독여보지만 지금 쏟아지는 비는 역시나 절망감만 안겨줍니다. 애써 새로운 연애로 도망친대도 또다시 상대의 결점만 찾고 있는 건 아닌지, 결국 허무해지고 말아요. 그 사람과의 관계를 영영 끝내고 싶지 않아 친구 사이가 되어보니 오히려 더 잔혹할 뿐이고요. 실연을 노래하고 마음을 달래주는 음악을 찾아 하루 종일 들어봐도 소용없고, 나 자신을 찾겠다며 훌훌 여행을 떠나보지만 결국 자신에게서 도망치는 꼴밖에 안 되죠. 그뿐인가요. 방에 틀어박혀도 보고 밖에 나가 친구를 만나도 보고 취미에 흠뻑 빠져도 보고 공부나 일에 파묻혀보려 해도 마찬가지입니다. 뭘 해도 괴로움은 여전하고 잊을 수 없는 사람은 어떻게 해도 잊을 수 없어요.

행복을 잃는다는 게 얼마나 아픈 일인지, 누군가를 좋아한다는 게 얼마나 두려운 일인지, 지난 사랑을 되새김질하는 날들에 몸도 마음도 지쳐 신음합니다. 가슴에 뻥 뚫린 상실감의 구멍을 한 방울 한 방울 눈물로 채워가며 뼈아픈 죄책감에 시달리기도 하죠.

하지만 돌아보면 터무니없이 길게만 느껴졌던 고통의 시간도 눈 깜짝할 사이에 지나가버려요. 잊으려 한 마음마저 언제 그랬는지조차 모를 정도로 어느새 까맣게 잊은 새로운 나를 발견하게 됩니다.

비로소 그 사실을 깨달았을 때 실연은 추억으로 거듭나고 아픔은 경험으로 탈바꿈하며 미련은 교훈으로 옷을 갈아입어요. 자신 또한 한 인간으로서 훌쩍 성장해 있을 테고요.

마치 다시 태어나기라도 한 듯이 상쾌한 공기와 자유로운 바람이 가슴을 지나가고, 당당히 홀로 우뚝 선 자신이 내심 뿌듯하기도 해요. 그런 내 모습이 조금 더 좋아지더라고요.

깨진 사랑 앞에 덩그러니 남은 자신이 싫어지지 않도록, 이별이 할퀴고 간 상처의 통증을 견딘 자신을 더 많이 사랑할 수 있도록, 그런 마음을 담아 이 책을 썼습니다.

마지막 페이지를 넘기는 순간 당신의 마음이 조금 더 가벼워지기를.

사랑했던 기억, 훌훌 날려보내기로 해요.

Contents

유효기간이 다 됐다고 느낄 때

깨진 사랑 앞에 덩그러니

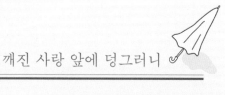

모처럼 실연당했으니

완벽한 사랑이란 없을지라도

내 행복에 당신은 필요하지 않습니다

유효기간이 다 됐다고
느낄 때

이별의
완벽한 타이밍

적당한 거리감은 인간관계에서 무척 중요합니다. 상대와 어느 정도 거리를 둘 때 가장 좋은 관계가 될 수 있어요.

연인으로서 좋은 관계로 발전할 수 있는 거리감, 친구로서 좋은 관계를 유지할 수 있는 거리감, 또는 그냥 타인으로서 좋은 관계로 발전할 수 있는 거리감 등 다양한 관계 속에서 적절한 거리감을 찾아가면서 인간관계를 원만하게 형성해나갈 수 있어요.

인간관계에서 불거지는 트러블은 보통은 서로 너무 가까워서 생깁니다. 마음이 맞지 않다고 느껴지면 마음이 맞을 때까지 거리를 두는 게 현명해요.

연인 사이에서도 마찬가지예요. 그 사람을 좋아하는 자신이 싫다면 그건 거리가 너무 가깝다는 뜻일 겁니다. 이때 너무 가까운 채로 그대로 있다보면 자기혐오에 빠져 자신을 한심하게 여기게 될 거예요.

자신을 긍정할 수 있는 거리까지 떨어져봐요. 타인으로서의 거리까지 떨어지지 않고서는 자신을 긍정할 수 없다면, 곧 이별인 거죠.

그 사람을 좋아하는 자신의 모습이 싫어진 순간, 그때가 바로 헤어져야 할 때입니다.

사랑이 끝나고
나는 더 좋아졌다

어설픈 배려의
말

"조금 거리를 두자"는 이별의 말, 많이들 하죠.

그런데 이 말은 듣는 사람에겐 틀림없는 희망고문이에요. 잠깐 만나지 않기로 합의하고 나면 언젠가는 관계를 되돌릴 수 있을지도 모른다는 기대를 품게 만들거든요.

이런 말을 아무렇지도 않게 하는 사람은 헤어지는 순간부터 이미 눈 깜짝할 사이에 아득히 저 멀리까지, 다시는 손 닿지 않을 거리까지 마음을 떠나보냅니다. 사귀던 날들이 순식간에 먼 과거가 될 만큼 떠나가는 거죠.

반면 거리를 두자는 말을 들은 사람은 기대라는 놈이 자꾸 뒷머리를 잡아당겨서 한 달 전 일이 바로 어제 일 같고, 과거의 기억으로부터 멀어지는 속도가 좀처럼 붙지를 않아요. 그래서 이런 말을 들으면 오랫동안 미련이 남아 힘들 뿐이죠.

이별을 고한 사람 딴에는 어떻게든 상대를 상처 입히지 않으려고 고르고 고른 배려의 말이겠지만, 어설픈 배려는 상대에게 오랫동안 낫지 않을 상처를 입힙니다.

이별을 당한 사람은 실낱같은 희망으로 그 한마디에 목매달게 되니까요. 헛된 희망과 기대를 품게 하는 애매한 배려는 잔인한 짓일 뿐입니다.

또 하나 남자가 자주 하는 말은 "아무 짓도 안 할 테니 걱정 마!"로, 이 말 또한 진심으로 받아들이지 않는 게 좋습니다.

유효기간이 다 됐다고
느낄 때

오래 사귀다보면 시들해지는 시기가 오기 마련입니다. 뜨거운 감정이 한풀 꺾이고 슬그머니 권태가 찾아왔을 때 두 사람을 단단히 묶어주는 것이 바로 서로 감사하고 존경하는 마음이에요. 상대를 존중하면서 고마움을 느끼는 마음이 있다면 몇 번이고 또다시 가슴 설렐 겁니다. 반면에 아무리 사랑하는 사이라 해도 마음 깊은 곳에 감사와 존경의 마음이 없다면 언제든 쉽게 소원해지고 말죠. 도파민이니, 세로토닌이니 에스트로겐이니 어쩌니들 하지만, 이런 복잡한 이야기는 재미없으니 여기선 생략하자고요. 연애 초기의 설레는 감정은 길어야 고작 3년이에요. 사람마다 각각의 보폭이 있으니 다 다르겠지만 보통 이 3년 동안 무엇을 쌓아 올려놓느냐가 나중에 유효기간이 다 되었을 때 큰 영향을 끼치게 됩니다.

달뜬 감정에 홀려 순전히 가벼운 쾌락만을 주고받는 사이라면 유효기간이 다 되었을 때 아무것도 남지 않을 거예요. 두 사람을 붙잡아줄 수 있는 감사와 존경의 마음을 얼마나 쌓아왔느냐에 따라 명암이 갈리게 됩니다.

그 마음은 서로 이야기를 나누는 데서 싹터요. 대화가 술술 풀릴 때 두 사람 모두가 행복감을 느낍니다. 행복감이 충만해질 때 사람은 가장 진솔해지며, 진솔해질 때야말로 서로 속마음을 터 놓고 대화를 나눌 수 있어요. 그래서 이 3년이라는 시간은 서로가 서로의 마음으로 깊이 들어갈 수 있도록 대화할 수 있는 가장 좋은 시기이기도 합니다.

행복한 때일수록 대화에 충실하세요. 그것이 다가올 권태기에서 두 사람을 지켜주고 더욱 깊이 사랑할 수 있게 해줄 테니까요.

네가 싫어진 건 아니야.
하지만…

이별의 순간에 "네가 싫어진 건 아니야"라는 말을 듣는 경우가 많습니다. 이 말을 들으면 어쩐지 다시 시작할 수 있을 거란 마음이 들지 않나요? 하지만 한 줄기 기대를 품게 되는 이 말 한마디가 누군가의 입 밖으로 나왔을 때가 관계를 돌이키기 가장 어려운 상황입니다.

"네가 싫어진 게 아니야. 하지만 더 이상 사랑하지도 않아."

이 말에는 싫어하는 감정을 넘어서 '무관심'이라는 심리가 담겨 있습니다. 좋고 싫고를 따지기 전에 이미 연애 대상으로 관심이 없어졌다는 뜻이죠.

완전히 남남으로 돌아가는 것이 진정한 의미의 헤어짐이에요. 헤어질 때 "싫어진 게 아니야"라는 말을 꺼내는 사람이야말로 헤어지는 순간 바로 타인으로 돌아섭니다. 상대에게는 살짝 기대를 품게 해놓고 자신은 냉큼 돌아서는 거죠.

그러니까 상대가 "싫어져서가 아니야"라고 말한다면 그 관계는 이미 돌이킬 수 없다는 걸 얼른 깨닫는 게 좋아요.

"우리 조금 거리를 두자.
 네가 싫어진 건 아니야."
 네가 그 말을 뱉은 순간부터
 우리 사이는 5억 광년쯤 멀어졌다.

친구가 될 수 있는 사이는
아니었어

헤어지자마자 친구로 돌아갈 수 있을까요? 우선 남남이 되지 않으면 친구도 될 수 없습니다. 친구가 될 수 있는 사이가 아니었기 때문에 연인이 되었던 거죠. 헤어지면서 친구 사이로 돌아간다는 게 잠깐은 위안이 될지 모르지만 나중에는 큰 상처가 될 거예요.

트위터나 메일로 수많은 고민 상담을 받고 있는데요, 그중에는 헤어진 연인을 잊을 수 없다는 내용이 유독 많아요. 어설픈 이유로 이별을 통보받았을 때일수록 더욱 미련이 생깁니다. 친구로 돌아가자는 말은 가장 치졸한 말이에요. 혹시 애인 사이로 돌아갈 수 있을지 모른다는 얕은 기대를 품게 되면 아무리 시간이 지나도 잊지 못해요. 섣부른 기대는 시도 때도 없이 자신을 괴롭히니까요.

잊지 못하는 건 기대하기 때문이에요. 기대를 놓아버리는 게 실연에서 해방되는 지름길입니다. 친구로 돌아가자는 이별의 말이 남겨둔 여지에서는 기대가 꿈틀 되살아나요. 냉정하게 생각해보면 그 말은 단지 궤변에 불과하다는 걸 잘 알 텐데 말이에요. 사랑이 깨졌을 때는 금단증상이 일어나듯 기대의 여지가 조금이라도 보일라치면 허겁지겁 쫓아가게 되죠.

이별을 말한 사람이 되도록 상대에게 상처 주지 않으려고 상냥한 거짓말을 하는 마음도 이해는 가지만, 배려랍시고 내뱉은 그 말은 오히려 상대를 상처에 오래 시달리게 만듭니다.

배려 깊은 거짓말보다 현실은 훨씬 혹독합니다. 현실을 있는 그대로 차분하게 전하는 게 진정 성숙한 이별 통보입니다. 헤어진 후에는 남남으로 돌아서는 게 우선이에요.

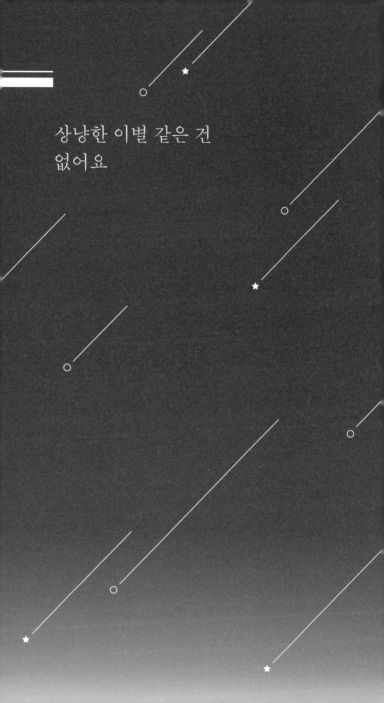

상냥한 이별 같은 건
없어요

실연 뒤에도 집착을 멈추지 않는 사람 중에는 이별할 때 독을 듬뿍 친 상냥한 거짓말에 꾀인 사람이 많아요.

　"싫어진 게 아니야" "친구로 지내자" "조금만 거리를 두자" 같은 말을 들은 거죠. 죄다 당신에게 상처를 주지 않으려는 상냥한 거짓말인 셈이지만 배려 깊은 거짓말은 다시 관계를 되돌릴 수 있을 거라는 일말의 기대를 줘요. 그렇게 집착의 늪에 빠지게 됩니다.

　"싫어진 게 아니야"라는 상냥한 거짓말을 살짝 비틀면 사실 좋아하는 것도 아니라는, 즉 무관심하다는 뜻이라는 걸 단박에 알 수 있어요. 한마디로 회복 불가능한 이별의 선언입니다.

　"친구로 돌아가자"라는 달콤한 거짓말은 당신과의 사랑이 진심이 아니었다는 잔인한 고백이나 다름없어요. 진심으로 사랑했다면 친구로 돌아갈 수 없을 테니까요.

　"조금 거리를 두자"라는 온화한 거짓말 역시 남남으로 지내자는 말이에요. 아니면 자기 상황에 맞춰 편하게 만날 수 있는 사이로 여기겠다는 속뜻을 품은 경우가 대부분입니다.

　이별을 통보받았을 때는 상대와 헤어지고 싶지 않아서 지푸라기라도 잡고 싶은 심정이 되기 때문에 거짓말이라는 걸 알면서도 약간의 기대를 건 채 놓치고 싶지 않은 마음이 듭니다.

　깔끔하게 헤어질 수 있는 관계였다면 애초에 만날 필요도 없었던 관계 아닐까요? 깔끔하게 헤어지는 연인인 척하는 것 자체가 모순입니다.

　헤어지는 이유가 명확하지 않다는 가짜 고백에서부터 집착의 싹이 틉니다. 상대가 이별을 말해올 때 상냥한 거짓말이라는 독사과에 홀리지 않도록 정신을 똑바로 차리는 게 좋아요.

너의 표정에서
무관심을 읽었을 때

애정이 식었을 뿐 싫어진 건 아니라는 게 이별의 이유라면 그거야말로 관계를 되돌리기에 가장 어려운 경우입니다.

몇 번이나 말하지만, '싫어진 건 아닌데 그렇다고 좋아하는 것도 아닌' 마음의 정체는 이미 상대에게 관심이 없어졌다는 뜻이에요. 아마 헤어지기 전에는 싸움조차 하지 않았을걸요? 싸움도 관심이 있어야 하거든요. 싸워서 헤어졌다면 오히려 화해하고 다시 만날 가능성이 높아요.

헤어진 후에는 조금이라도 미련이 남기 마련이지만 그 미련도 상대에 대한 관심이 남아 있을 때의 얘기예요. 미련도 관심도 시간이 지나면 결국 사라질 거예요. 이유는 달라도 상대방은 지금 이 단계에 와 있어요.

연애는 같은 무대에 서는 데서 시작됩니다. 어떻게든 관계를 되돌리고 싶다면 우선 그와 똑같이 무관심이라는 무대에 서야 해요. 그래야만 끌려가지 않는 연애를 할 수 있어요.

혼자 처량하게 미련이라는 무대 위에 서 있다면 원치 않는 연애밖에 할 수 없을 거예요.

이미 변해버린 그 사람에게
상처받지 말아요

Q 제가 야무지지 못하다고 남자 친구에게 차였습니다. 하지만 제가 바뀐다면 다시 관계를 되돌릴 수도 있다는 그의 말을 듣고는 아직까진 만나고 있어요. 친구가 말하길 그에게 저는 그저 심심풀이로 만나는 쉬운 존재라고 하지만, 그를 가장 잘 알고 있는 사람은 저인걸요. 그는 잠자리를 할 때 콘돔을 쓰지 않고 만약 아기가 생기면 낳자고 해요. 전 그 말을 믿고요. 그는 저를 어떻게 생각하는 걸까요?

"네가 이런 점을 고치면 다시 만나줄게." 이런 식으로 조건을 달아 관계를 회복할 수 있을 거라는 여지를 남기는 사람은 틀림없이 만만한 연인을 노리고 있습니다. 조건을 만족시키지 못해서 사랑할 수 없다는 건 이미 무조건적인 사랑이 불가능하다는 뜻이에요.

이미 연인 단계를 벗어나 아무 때나 만날 수 있는 상대가 되어버린 것 같네요. 자신이 그를 가장 잘 이해하고 있다고 하지만 그건 이 사람은 내가 없으면 안 된다고 믿는 데서 비롯된 착각입니다. 나쁜 남자에게 빠져 있는 사람의 전형적인 사고이기도 하고요.

사람은 좋든 나쁘든 계속해서 바뀝니다. 따라서 결코 상대를 완전히 이해할 수는 없어요. 그렇기에 서로 계속 대화를 나눔으로써 사랑을 지속해나가는 겁니다.

당신이 이해하고 있다고 믿는 것은 현재의 그가 아닌, 과거의 연인이지 않나요? 현재의 그와 마주하는 것이 두려워서 과거의 환영을 좇고 있지는 않은지 생각해보세요. 피임도 제대로 고민하지 않는 변변찮은 남자에게 야무지지 못하다는 이유로 이별 통보를 받은 시점에서부터 연애는 끝났습니다.

당신만은 행복해져야 해요.
그와 반드시 헤어지세요

Q 남자 친구가 폭력을 휘두릅니다. 게다가 바람까지 피워요. 절때리고 난 뒤에는 항상 "아깐 미안했어. 내가 밉지?" 하고 달달한말로 사과를 합니다. 그를 만나는 게 이렇게 괴로운데도 전 여전히 그를 사랑해요. 지나치게 의존하고 있다는 거, 알고 있어요.어떻게 하면 좋을까요?

👍 ░░░░░   💬 ░░░░░   ➔ ░░░░░

데이트 폭력에서 폭력을 휘두르는 쪽은 본인이 가해자라는 사실을 깨닫지 못합니다. 다른 사람이 보면 누가 가해자인지 불 보듯 뻔한데 어처구니없게도 자기가 피해자라고 생각해요. 나를 화나게 만들었으니 내가 피해자라고, 열받게 한 쪽이 틀림없이 가해자라고 생각하는 거죠. 피해자와 가해자의 관계를 폭력으로 왜곡하는거예요. 폭력을 통해 '저 사람의 힘을 당해낼 수가 없으니 내가 잘못한 게 맞나봐'라는 죄의식을 심는 겁니다.

이런 남자들의 특징은 폭행한 후에 반드시 자상하게 대한다는거예요. 죄의식과 두려움에 시달리던 여자는 남자가 자상하게 해주니 '내 잘못을 용서해주는구나. 나는 사랑받고 있어'라는 착각을하고 말죠. 질문에 언급하지 않았지만 폭행 후에는 달콤한 말로 달래고 아마도 섹스를 할 거예요. 이게 바로 데이트 폭력의 전형적인방식이에요. 이렇게 마음과 몸을 지배하면서 폭력을 통해 상대를세뇌하는 겁니다.

이건 생명에 관한 문제예요. 사랑 운운할 때가 아니에요. 굉장히위험한 징조이니 한시라도 빨리 물리적인 거리를 두세요.

당신은 아무것도 잘못한 게 없어요. 당신은 행복해져야만 해요. 햇빛 아래서 활짝 피는 꽃이 되세요.

만나선 안 되는
남자

일단 친구로 되돌아가자.

남남으로 돌아갈 각오가 되어 있을 때 헤어지세요.

이제 일 시작하면 자주 못 만날 거야. 나도 더 놀고 싶어.

모순이군요.

달리 좋아하는 사람이 생긴 건 아냐.

희망 고문이군요.

너랑 사귀면서도 다른 여자랑 만나게 될 텐데, 그럼 네가 불쌍하잖아.

실은 다른 여자와 만나고 싶으면서 왜 배려하듯이 포장하죠?

좋은 남자가 되어 돌아올게.

이성보다 욕구가 앞서는 남자에게는 가당치도 않은 말이죠.

언제가 될지 모르지만 기다려. 배신하지 않을 테니까.

바보 아냐?

나쁜 남자의 속마음을 해석해보면 이렇답니다.

'다른 여자랑 자유롭게 놀고 싶어, 하지만 불평은 듣고 싶지 않아. 그러니 헤어지자. 하지만 완전히 헤어지긴 아쉬우니까 친구로 돌아가서, 가끔씩 안아줄게.'

황당할 정도로 이기적인 욕심을 그럴싸하게 꾸며내는 나쁜 남자들이 이별을 말할 때 주로 읊는 대사거든요.

짚이는 데가 있다면, 상처받을 가치도 없는 남자니까 한 방 날려주고 끝내버리세요.

“나랑 있으면
너까지 힘들어질 거야”라는 말

Q '좋아하지만 헤어지자'란 말의 의미를 모르겠어요. 상대를 위해서, 두 사람을 위해서 서로 좋아하는데도 이별을 택하는 일이 실제로 있는 건가요? 어떤 때를 말하는 걸까요?

돈 문제라든지 환경이 변했다든지 정신적 여유가 없다든지 할 때 "나랑 함께 있으면 당신까지 불행해질 거야"라는 말로, 상대를 배려하는 마음에서 좋아하지만 헤어지자는 결단을 내리는 경우가 종종 있어요.

하지만 좋아하는 마음과 진정으로 사랑하는 마음은 달라요. 좋아하는 마음은 자신의 만족을 위한 것이지만 진심 어린 사랑은 상대를 위한 것이에요.

그러니까 좋아하지만 헤어진다는 결단은 상대를 배려하는 거라기보단 자기가 편해지기 위한 수단인 셈이죠. 나와 함께 있으면 상대마저도 불행해지고 말 거라는 고민에서 벗어나고 싶은 거예요. 제힘으로 극복할 만한 자신감과 애정이 부족하니까 편한 길로 도망가 이별을 고하는 겁니다.

좋아하지만 헤어진다는 말의 진짜 의미는 '좋은 감정은 남아 있지만 더는 사랑할 수 없다'는 선언이에요. 가슴 아프고 아름다운 이별처럼 보이지만 그 민낯은 바로 이거예요.

'나는 당신을 위해 노력할 수 없어요. 잘 가요!'라고 인사하는 것과 같아요. 좋아하는 건 아주 쉬워요. 진심으로 사랑하는 일이야말로 변하지 않고 오래갈 마음이죠.

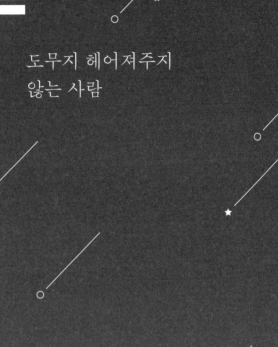

도무지 헤어져주지
않는 사람

Q 함께 살고 있는 남자 친구와의 가치관 차이로 인한 스트레스 때문에 헤어지기로 결심했어요. 그런데 헤어져주질 않아요. 헤어지자고 몇 번이나 말했는데도요. 이런 인간과는 어떻게 헤어질 수 있을까요?

👍 ▭▭▭   💬 ▭▭▭   ➤ ▭▭▭

헤어져주지 않는 남자는 신경질적인 성향이 많아요. 신경질적인 남자는 속이 좁고요. 항상 뭔가 불안한데 가뜩이나 예민한 신경이 자극받으니 폭발하게 됩니다.

불안할 때는 자기밖에 안 보여요. 사랑하는 마음보다는 자기 불안을 없애는 소유물로서 당신을 만나는 게 아닐까 싶어요. '이제 사랑하지 않아!'라는 당신 마음 따위 상관없는 거죠.

그리고 헤어지는 방법 말인데요, 끝맺음을 확실하게 하고 싶으면 이별의 책임을 상대에게 뒤집어씌우지 않도록 주의하세요.

네가 잘못해서 헤어지는 거라고 이별의 책임을 물으며 몰아붙이면, 상대는 '내가 달라지면 관계를 되돌릴 수 있겠군' 하고 질척거리기 마련이거든요.

이별 얘기를 먼저 꺼내는 사람은 헤어지는 데 책임을 져야 합니다. "끝내고 싶은 내가 잘못이에요. 도저히 생각을 고칠 수가 없어요. 미안해요." 이런 식으로 이유를 대면 상대는 뭐라 반격할 말을 찾지 못하고 어쩔 수 없이 이별을 받아들일 거예요. 길게 보면 그렇게 하는 편이 서로 툭툭 털고 다시 일어서기에 좋습니다.

너와 나 사이,
확실하게 선 긋기

헤어질 때 끝을 현명하게 정리하지 않으면 자칫 상대를 '이별 괴물'로 만들 수도 있습니다. 제게도 그런 피해 상담이 꽤 들어오는데요, 반년 또는 1년이나 상대가 쫓아다니는 경우도 봤어요.

　서서히 헤어지는 방법을 노리는 것도 하나의 대안이지만, 가령 당신이 점차 연락을 줄여간다고 쳐요. 연락을 줄이는 만큼 상대가 더 자주 연락해올 거예요.

　상대방은 '내가 그렇게 자주 연락했는데, 내 시간까지 쪼개서 연락했는데' 하고 보상을 바라는 마음이 들 거예요.

　보상을 바라는 마음이 상대를 괴물로 만들고 말기 때문에 서서히 헤어지기를 바라는 건 꽤 난이도가 높은 과제일 수 있어요. 어떻게든 확실히 선을 그어두는 게 좋아요.

　　감정적으로 대하지 말 것
　　기대하게 하지 말 것
　　냉정하게 대응할 것
　　싸움을 만들지 말 것
　　절대 호의를 보이지 않을 것

　이별을 하려거든 다섯 가지 지침을 마음 깊이 새겨야 합니다. 잘 기억해두세요. 헤어진다는 건 그럴듯한 말로 얼버무려 대충 넘어갈 수 있는 일이 아니니까요.

이별은
마음의 준비를 하도록
기다려주지 않아요.

힘들수록 더
좋아지는 게 사랑

'일이 바쁘다는 이유로 애인이 이별을 통보해왔어요.'

자주 받는 상담 내용입니다. 일에 집중하고 싶으니까 헤어지자는 말은 당신을 위해서는 일하지 않겠다는 이별 선언이에요.

건강한 연애는 일에 활력을 불어넣어줍니다. 바빠서 여유가 없을수록 연애가 원동력이 되기 마련이거든요. 그래서 서로에게 고마워하고 점차 신뢰를 쌓아가게 되죠.

한가할 때가 아니면 사귈 수 없다는 말의 속뜻은 '너는 내가 편할 때만 만나기 좋은 사람이야'입니다. 그런 만남으로 이루어진 사랑은 잘못된 거라는 사고가 박혀 있는 연인이라면 일이 바쁘다는 핑계로 이별을 고하지는 않을 거예요. 그런 사람과는 빨리 헤어지는 게 좋아요.

연인은 힘든 때일수록 더 사랑스럽게 느껴지는 법이에요. 즐기는 게 목적일 뿐이라면 시간 죽이기밖에 더 되겠어요?

단 한 장밖에 없는
마지막 카드

독자에게 받은 연애 고민 중에 하루가 멀다하고 헤어지자는 말을 내뱉는 연인을 어떻게 대해야 할지 묻는 내용이 있었어요.

툭하면 헤어지자고 하는 사람은 소위 '헤어지고 싶지 않으면 나를 더 사랑해줘'라는 협박을 하고 있는 거예요. 사랑받지 못할지도 모른다는 과도한 두려움과 콤플렉스가 기저에 있는 게 분명해요. 콤플렉스를 감추려고 고압적인 태도를 취하는 거죠.

사랑받으려고 물불 가리지 않으면서 정작 사랑하는 방법엔 전혀 관심 없는 사람이라서, 상대의 속마음을 떠보는 데는 일가견이 있지만 진심을 사로잡기 위해선 천박한 방법을 쓰죠.

이별은 협박의 도구가 아닙니다. 단 한 장밖에 없는 마지막 카드예요. 이별을 쉽게 생각하는 사람이라면 틀림없이 만남도 가볍게 여길 거예요. 계속 참을 필요가 없을뿐더러 만남을 지속할 이유는 더더욱 없어요.

때로 행복이란 헤어짐으로써 얻을 수 있는 거예요. 자신을 굽히고 낮춰야만 지속할 수 있는 연애 따위 과감히 버리는 게 나아요. 상대가 원하는 대로 헤어져주세요. 그런 애인이라면 다른 사람에게 줘버리는 게 나아요.

이별은
당신을 기다려주지 않아요

Q 2년 동안 사귀던 남자 친구가 전화로 헤어지자고 하더군요. 진지하게 만남을 이어왔고 깊은 관계에 접어들었는데 전화 한 통으로 이별을 통보받았다는 사실을 받아들일 수 없어요. 마지막으로 한 번만 만나자고 연락하면 너무 구차할까요?

전화는 그래도 양호한 편이죠. 요즘은 문자나 SNS로 이별을 알리는 사람도 꽤 많은걸요. 그러다 보니 차인 쪽에서는 이런 무성의한 이별 방식에 마음을 다쳐서 결국에는 미련을 갖게 됩니다. 스스로 수긍할 수 있는 깔끔한 방식이 아니면 인정하고 싶지 않은 거죠. 현실을 부정하는 마음은 그대로 집착으로 이어지고요.

애초에 깔끔하게 헤어질 수 있는 관계라면 사귈 필요도 없는 관계였겠죠. 이별은 누구 사정을 봐줘가며 오는 것도 아니고 납득할 수 있는 이유를 만들어주는 것도 아니고 더군다나 마음의 준비를 하도록 기다려주는 것도 아니니까요. 어처구니없을 만큼 순식간에 끝나버리는 게 이별이에요. 사랑하는 사이에 깔끔한 이별이 어디 있겠어요? 깨끗하게 헤어질 수 없는 관계니까 이별이라는 마지막에 다다른 거죠. 납득할 수 있는 이별 방식이나 이유 같은 건 없다고 생각하는 게 좋아요. 헤어졌다는 사실만 받아들이세요. 그래야 이별 후 빠르게 다시 일어설 수 있습니다.

사랑의 아름다운 추억은 깔끔하게 치른 이별로 만들어지는 게 아닙니다. 헤어진 후 툭툭 털고 다시 일어서는 것, 그로써 사랑은 비로소 추억으로 남게 될 거예요.

깨진 사랑 앞에
덩그러니

딱 한 달만
아프기로 해요

Q 이별을 하고 나서 언제까지 울면서 힘들어해야 하는 걸까요? 주변에는 몇 년이나 걸린 사람도 있어 덜컥 겁이 나네요.

이별의 아픔을 딛고 일어서는 데 필요한 시간은 사람마다 다르지만, 일주일에서 한 달인 경우가 약 40퍼센트로 가장 많아요. 그다음 2개월에서 5개월이라는 대답이 30퍼센트 정도, 6개월에서 1년이 걸리는 경우는 10퍼센트 안팎이라고 하네요.

그래요, 몇 년이나 걸리는 사람은 극소수일 거예요.

길어야 한 달 정도면 실연의 아픔에서 어느 정도 벗어날 수 있지 않을까요? 그 이상 넘어가면 돌이킬 수 없는 감정이 차올라 마음만 더 복잡해지고 결국은 상대에게 집착하게 될 거예요.

오래 미련을 떨치지 못하는 사람 중에는 한가한 사람이 많아요. 미련으로 가득 찬 지옥에서 허우적거리며 허송세월을 보내도 일상에 지장이 없는 거겠죠.

하지만 실생활에 문제를 느낀다면 어떻게든 아픈 현실을 딛고 일어설 수밖에 없을 거예요. 오직 살기 위해서 미련을 끊어내는 겁니다.

자기 생활에 책임을 지고 충실하게 살아갈수록 미련의 무게는 줄어듭니다. 몇 년이나 미련에 사로잡힌 채 살아갈 수 있다니 그거야말로 부럽네요.

충분히 사랑했으니,
마음껏 이별해봐요

애인을 잊지 못하는 이유는 크게 두 가지로 나눌 수 있어요. 추억을 미화하거나 스스로를 한심하게 여기거나.

보통은 여기서 벗어나지 않는다고 할 수 있고요, 때로는 두 가지 모두가 이유가 되기도 합니다. 나쁜 기억을 흘려보내고 추억을 미화한 경우, 나중에 떠올려보면 좋은 기억만 남아 있게 돼요. 어쩌면 잊지 못한다기보다는 잊고 싶지 않아서 좋은 추억을 마음에 새기는 걸지도 모르겠네요. 과거의 자신을 긍정하는 일이기도 하니까 별문제는 없어요. 많든 적든 그런 추억은 누구나 간직하고 있으니까요.

진짜 문제는 다른 하나입니다. 스스로를 한심하게 여기는 쪽이요. 상대를 잊지 못해서가 아니라 그와 만나던 때 행복했던 자신의 모습을 잊을 수 없는 거예요. 과거의 기억에서 한 걸음도 앞으로 나아가지 못하는 거죠.

이별로 상처를 받았다면 그 아픔을 딛고 성장해야 합니다. 성장한다는 건 변화하는 일이므로 좋아하는 사람이 바뀌는 것도 자연스러운 흐름이에요. 스스로를 한심하게 여기는 사람의 마음 어딘가엔 여전히 이별을 현실로 받아들이지 못하는 경향이 강하게 자리 잡고 있습니다. 어중간한 아픔으로 꾸준히 스스로를 한심하다고 생각하는 거예요.

남남으로 돌아가는 게 이별이에요. 현실을 받아들이는 것에서부터 과거의 자신과 한 걸음 멀어질 수 있습니다.

아프다고요?
정말 다행입니다

Q 절망에 빠져버렸을 때에는 어떻게 해야 좋을까요? 전 지금 완전 밑바닥까지 와 있어요.

'밑바닥'이라고 하셨네요. 밑바닥이란 자신의 행복을 포기한 채 절망조차 느낄 수 없는 사람이 있는 곳입니다. 자신의 행복을 포기해버렸으니 불행이 닥쳐와도 상처받을 수 없어요.

절망이란 무엇일까요? 행복해지고 싶다는 희망이 상처를 입어 피투성이가 됐을 때, 사람들은 그 아픔을 절망이라고 부릅니다.

아직 행복해지고 싶다는 희망을 버리지 않았기에 힘들고 쓰라리고 마음이 아픈 겁니다. 자신의 행복마저 포기해버리면 눈물조차 나지 않거든요.

웃고 싶은 내일이 있기에 눈물짓는 오늘도 있는 겁니다.

아픔을 느낀다는 건 긍정적인 신호예요. 제대로 앞만 향하고 있다면 분명히 길이 있어요. 걱정하지 말아요.

사랑이 끝나고
나는 더 좋아졌다

떠난 사람,
남겨진 사람

한차례 연애가 끝난 후 이별을 통보받은 사람은 비참해지기 마련이에요. 남겨진 사람에게는 '애정愛情'에서 '정情'이 사라지고 '사랑愛'만 남아요. 반면 떠난 사람은 '애정愛情'에서 '사랑愛'을 빼앗긴 채 '정情'만 가지고 가죠. 더는 사랑할 수 없다고 느끼니까요.

떠난 사람이든 남겨진 사람이든 외로움을 느끼기 마련입니다. 남겨진 사람의 외로움은 사랑이고 떠난 사람의 외로움은 정인 셈이죠. 상실감에 허덕이는 건 남겨진 사람이지만 떠난 사람은 죄책감에 시달립니다.

헤어진 후에 두 사람 모두 상처 없이 지낼 수는 없어요. 이별하고도 상처 입지 않은 사이라면 애초에 시작하지 말았어야 해요. 이별을 먼저 말한 사람이나 들은 사람이나 아파한다는 건 잘못된 만남이 아니었다는 의미예요.

사랑이 끝났을 때는 괴로운 게 당연하니 마음 편히 아파하세요.

운 만큼
가벼워질 거예요

가끔 '울기만 하는 내 자신을 바꾸고 싶어요'라는 고민 상담을 받는데요, 우는 건 부끄러운 일이 아니에요. 울고 싶지 않은데 울음이 터지는 것보다 울고 싶은데 울지 못하는 것이 정신적으로 더 뿌리 깊고 심각한 문제입니다.

운다는 건 말이죠, 기억에 현재의 감정을 새기는 일이에요. 영화나 드라마를 보다가 운 기억이 언제까지나 머릿속에 남아 있는 건 눈물을 흘렸기 때문이거든요. 눈물이 많은 사람일수록 더 많은 추억을 간직하는 법이죠.

과거의 기억은 현재의 자신에게 교훈이 되므로 과거에 눈물을 많이 흘렸던 사람일수록 웃을 수 있는 미래를 위한 교훈을 많이 얻은 셈입니다.

과거에 흘린 눈물은 재산이 됩니다. 눈물이 많은 사람일수록 소중한 경험을 많이 지닌 거예요. 그 경험을 어떻게 활용하느냐가 앞으로의 과제겠죠.

울지 못하는 사람일수록 기억이 희미해져서 미래를 살아가는 데 교훈이 될 체험도 종종 잊어버리는 경향이 있어요. 그렇게 계속 잊으려고만 하다보면 나중에 되돌아보았을 때 아무 것도 남아 있지 않은 텅 빈 과거로 녹슬어버리곤 합니다. 그게 더 무서운 일이에요.

눈물은 지금의 감정을 오래도록 기억할 수 있게 하는 스위치입니다. 그러니 울고 싶을 때는 마음 편히 우세요.

안심하고 마음껏 우세요.
이 세상에 흘려서는
안 되는 눈물 따위
존재하지 않아요.

다시
돌아갈 수 있을까

헤어진 사람을 단념하지 못하는 것보다 행복했던 자신을 포기하지 못할 때 집착은 더욱 깊어집니다. 자신에게서는 도망칠 수 없는 법이니까요. 오래도록 과거의 연애에 연연하는 사람은 사랑했던 사람이 아니라 행복했던 자신의 모습을 잊지 못하는 걸지도 모릅니다. 미련의 밑바탕에는 얕은 기대가 도사리고 있으니까요.

'예전으로 돌아갈 수 있을지 몰라' '이 점만 고치면 다시 시작할 수 있을 거야'라는 실낱같은 희망, 남이 보기엔 절대 아니라고 할 정도로 사소한 기대감이 바로 미련의 본모습이에요.

미련을 끊어버린다는 건 살포시 고개를 쳐드는 기대의 싹을 잘라버리는 일이에요. 예전으로 돌아가면 다시 행복해질 수 있을 거라는 기대를 잘라내는 일이 말처럼 쉽진 않겠죠. 그래서 오래오래 시달리는 걸 테고요.

사랑으로 받은 상처는 사랑으로 치유하는 거라고들 하지만 그건 최악의 방법이에요. 좀 심하게 말하면, 마치 약물 중독자에게 약물을 투여하는 것이나 다름없어요. 연애의존증에 빠져버리기 전에 연애로부터 빨리 독립하는 편이 좋아요.

마음을 다쳤을 때는 규칙적으로 생활하는 습관이 무엇보다 좋은 약입니다. 몸과 마음은 떼려야 뗄 수 없는 관계잖아요. 마음이 병들면 몸도 병들기 마련이고, 반대로 몸이 가뿐해지면 마음도 가뿐해질 거예요.

생활 습관을 흐트러지지 않게 유지한 다음에는 시간에 모든 걸 맡겨봐요. 사랑이 시간을 잊게 해주었듯이, 이번에는 시간이 사랑을 잊게 해줄 거예요.

슬픔을 떨쳐버리기 위해
하지 말아야 할 것, 세 가지

'어떻게 하면 좋을까' '뭘 하면 될까' 하고 실연을 극복하기 위해 자꾸 무언가를 하려고 하면 잊고 싶어도 잊지 못하는 과정이 끝없이 되풀이됩니다.

실연을 잊겠다는 이유로 어떤 행동을 하겠다고 마음을 먹으면, 그 행동을 하는 동안에는 실연이 펼쳐놓은 슬픔의 세계에서 결코 벗어날 수 없습니다.

실연을 잊는 데 필요한 것은 무엇을 하는 게 아니라 '무엇을 하지 않는 것'이에요.

> 잊으려 애쓰지 않기
> 미워하려 하지 않기
> 다시 만날 것을 기대하지 않기

하지 말아야 할 게 아주 많지만 그중에서 가장 중요한 건 이 세 가지입니다. 그 사람을 잊기 위해 무엇을 하려고 애쓰기보다는 이 세 가지를 하지 않는 게 바로 마음을 내려놓는 첫걸음이에요.

때가 되면 언제 잊었는지조차 모를 정도로 한순간에 사라질 마음이니까요.

눈물 날 정도로
사랑했다면

Q 2년 동안 사귀던 사람과 헤어졌습니다. 외로움에서 벗어나려면 어떻게 해야 할까요? 아무리 고민해봐도 도저히 답을 못 찾겠어요.

어떻게 하면 실연의 외로움에서 벗어날 수 있을까요? 그 사람을 미워하거나 가치 없는 존재로 여기면 될까요? 만만한 사람 취급을 당할지라도 계속 매달려볼까요? 그것도 아니면 다른 사람을 만나면서 미련을 버리거나 새로운 연애로 위로받는 방법은요?

이런 식으로 외로움에서 벗어날 수 있다면 얼마나 좋겠어요.

그렇게 되지 않으니까 괴로운 거죠. 그냥 마음 가는 대로 이끌리듯 유혹에 나를 맡기면 외로움은 한결 옅어질 텐데요. 나약하게 무너지지 않고 외로운 쪽을 선택한다는 건, 강하기 때문이에요. 당신이 강하고 단단한 사람이라면 외로움을 느끼는 게 당연합니다.

기뻐서 흘리는 눈물이든 외로워서 흘리는 눈물이든, 눈물 날 정도의 연애를 했다는 건 사랑에 성공했다는 증거예요.

외로워도 괜찮아요. 울어도 좋아요. 전혀 이상한 게 아닙니다. 그러니 안심하고 슬퍼하세요. 괴로움 속에서 당신은 훌쩍 성장할 겁니다. 모처럼 실연이란 소중한 경험을 했으니 더 멋진 사람으로 거듭나는 일만 남았어요.

마음껏 울어요.
잊는 건 나중의 일이에요

Q 그가 "나보다 행복하게 해줄 사람이 있을 거야"라는 말을 남기고 떠나갔어요. 입에 발린 말일까요? 아니면 정말 그렇게 생각하는 걸까요?

상대에게 버팀목이 되어주고 싶은 마음은 자신을 곧게 일으켜 세우는 힘이 됩니다. 누군가의 행복을 빌어줄 수 있다는 사실만으로도 행복해지는 거죠.

"나보다 행복하게 해줄 사람이 있을 거야"라는 말은 '나는 너를 행복하게 해줄 수 없어'라는 뜻이며, 그건 곧 '내 행복에 당신은 필요하지 않아'라는 선언입니다. 입에 발린 말이라기보다는 하기 나름인 게 말이라는 느낌이 드네요.

아무리 듣기 좋게 늘어놓은들 밑바탕에 있는 깔려 있는 뜻은 '더 이상 널 사랑하지 않아'입니다. 그럴듯한 포장에 마음을 뺏겨 진실을 보지 못해서는 안 돼요.

상대방의 행복을 위해 이별을 택하는 사람은 없어요. 이별이란 가슴 시릴 정도로 냉정한 거예요. 이별이 아름다운 추억이 되는 건 훨씬 더 나중의 일입니다. 지금은 아무 생각 말고 마음껏 우세요. 그래도 돼요.

촉이 느껴져

"헤어지자는 말을 들었는데 눈물이 나질 않아요"라고 말하는 사람이 있어요. 그건 말이죠, '이별 예감'이 없었기 때문이에요.

이별의 말을 듣자마자 눈물이 흐르는 건 이미 이전에 헤어짐을 예감했기 때문이거든요.

연락이 차츰 뜸해진다거나 상대가 대놓고 차갑게 굴 때, 또는 왠지 체념하는 분위기가 흐를 때 이별을 어렴풋이 예감할 수 있습니다. 그때부터는 서로에게서 서서히 멀어지고 있음을 의식하게 됩니다.

그러니 상대의 입에서 헤어지자는 말이 툭 튀어나오면 놀라기보다는 '아, 역시나!'라는 생각이 듭니다. 나름대로 각오가 되어 있기에 이별을 받아들일 수 있고 솔직하게 울 수도 있어요.

하지만 전혀 눈치채지 못한 채 평소와 다름없이 지내다가 갑자기 헤어지자는 말을 들으면 아무 각오도, 어떤 준비도 안 한 상태이니 그 말을 받아들이기 쉽지 않겠죠.

뇌는 위기를 감지하고 '이별을 받아들였다가는 정신적으로 힘들어질 거야!'라고 자기방어를 해요. 그래서 머릿속이 새하얘지고 입에선 외마디 비명밖에 나오지 않을 겁니다.

머리로는 이해하더라도 마음이 완강하게 거부하고 있기 때문에 충격에 미동도 하지 않았던 거예요.

뜻하지 않은 이별의 말을 듣고 나면 멍하니 넋이 나가겠지만 조금씩 현실을 실감하게 될 거예요. 그런 다음에도 눈물이 나지 않는다면, 어쩌면 그 사랑은 사랑이 아니었을 겁니다.

해야만 하는
말

이별의 과정에서 보통 이 여섯 단계의 심정 변화를 겪습니다. 마치 끝없이 돌고 도는 무한 루프같죠. 결심이 섰는데도 막상 헤어지려고 하면 이루 말할 수 없이 허전한 감정에 사로잡히고 말아요. 이 가슴 휑한 느낌을 아직 좋아하는 감정이 남은 거라고 해석해버리면 루프에 빠져서 헤어나오기 힘들어질 겁니다.

허전함의 정체는 애정이 아니라 욕구예요. 더 이상 사랑하지 않는데도 사랑받고 싶다는 욕구요. 인간은 누군가를 사랑함으로써 자신의 그릇에 무언가 소중한 것이 채워진다고 생각해요. 그러고는 행복이 바로 이 그릇에 담겨 있다고 믿습니다.

이별을 말할 거면 책임과 각오가 있어야 해요. 변덕스러운 기분이 상대방의 인생을 송두리째 흔들 수 있습니다. 고작 허전하다는 이유로 내뱉는 말로 상대를 뒤흔들어놓으면 안 돼요.

후회가
추억이 될 때

'미련'에 아직 사랑의 감정이 남아 있다면, '추억'은 미련에서 사랑의 감정을 뺀 거예요.

끝난 사랑에 미련을 버리지 못하는 사람은 사랑의 감정을 잊고 싶어합니다. 그건 행복했을 때 전했어야 하는 감정이니까요. 흔히 잃어봐야 소중함을 안다고 하죠. 이 아쉬움과 후회야말로 지나간 사랑에 연연하는 사람이 털어버리고 싶어하는 마음이에요.

그때 더 확실하게 마음을 전했으면 좋았을걸, 그때 더 많이 이해해줄걸, 더 소중히 대할걸… 이런 후회 속에서 밀려오는 게 미련이란 감정입니다.

사람은 자신에게 필요 없는 것부터 잊어가는 존재예요. 철지난 후회 덕분에 진심을 다해 한 사람을 사랑하는 법을 배우고 온몸으로 지혜와 깨달음을 얻게 됩니다. 이 과정에서 더 이상 후회할 필요가 없어졌을 때 비로소 잊을 수 있는 거예요. 미련에서 후회가 싹 걷히고 아름다운 추억이 마음 깊은 곳에 자리잡습니다.

자신이 한 뼘 성장할 때 미련은 추억으로 다시 피어오르기 마련이에요. '추억 속의 나'는 어딘가 순수하고 부끄러우면서도 잔잔한 미소로 떠오르는 존재로 되살아나죠. 미련은 잊고 싶은 것, 추억은 잊을 수 없는 것입니다.

그 안 헤어지자

이유를 묻기보다
사실을 받아들여야 할 때

'이별의 이유를 납득할 수 없다'는 상담을 많이 받는데요, 그럼 어떤 이유라면 납득할 수 있겠어요? 애인이 나와 사귀기 전 만났던 사람에게 미련이 남아서 이별을 고했다고 하면 이해할 수 있겠어요? 받아들이지 못할걸요. 좋아하는 사람이 생겼다는 말에는 수긍할 수 있겠어요? 이해할 수 없겠죠. 만약 당신이 싫어졌다는 말을 들어도 순순히 상대를 놓아주기는 어려울 거예요.

헤어지는 데 많은 이유와 변명이 있겠지만 고개를 끄덕일 만하게 납득되는 말은 없을 겁니다. "네가 싫어진 건 아니야" 같은 말을 들으면 더욱 받아들이기 어려울 거예요.

헤어지자는데 납득할 수 있는 이유 따위 없는 게 당연해요. 이유를 납득하지 못하는 게 아니라 헤어지는 일 자체를 받아들이지 못하는 거니까요.

단번에 받아들일 수 없는 게 이별이에요. 그러니 납득할 수 있는 이유를 달라고 따져봤자 출구 없는 미로에서 끝없이 헤매는 거나 다름없어요. 이유 같은 거 아무래도 상관없어요. 헤어졌다는 사실만 정확히 바라보세요.

헤어졌다는 사실을 묵묵히 받아들일 때 비로소 납득할 수 있는 이유도 찾을 수 있을 거예요.

스스로 한 뼘 성장할 때
미련은 추억으로
피어오릅니다.

한결같이 애매한
연애의 뒤끝

후회하는 사람은 어느 쪽을 선택해도 후회해요. 후회하지 않는 사람은 어느 쪽을 선택해도 후회하지 않고요.

후회하는 사람은 자신이 어쩔 수 없이 정답을 선택할 수밖에 없었다고 생각하겠지만, 후회하지 않는 사람은 정답을 만들어가는 건 바로 자신이라는 사실을 이미 알아요.

정답인 선택지를 만들어가는 원동력은 용기예요. 그래서 후회하지 않는 사람은 망설여질 때 용기가 더 필요한 쪽을 선택합니다.

세상의 모든 이별은 하나같이 애매하기만 해요. 때문에 두 사람 다 납득할 수 있는 깔끔한 이별이라는 환상을 부여잡고 집착하게 됩니다.

연애의 뒤끝만큼 애매하고 허무한 건 또 없을 거예요. 그렇게도 잊고 싶어 괴로워했건만 나중에 돌아보면 언제였는지조차 모를 만큼 이미 다 잊어버린 자신을 발견하게 되니까요.

사랑이 식으면
꿈에서 깨요

Q 헤어진 사람을 자꾸 떠올려서 잊지 못하는 사랑을 했다는 말을 듣곤 해요. 사실 짝사랑에 불과한데도 잊지 못하는 사랑이란 게 존재할까요? 아니면 제가 집착의 끈을 놓지 못하는 부담스러운 사람일 뿐일까요?

짝사랑한 사람이든 사귀던 사람이든 넓게 보면 모두 잊지 못하는 사람이에요. 실연을 당한 사람에게 주로 해당되는 이야기인데, 그 사람을 어떻게든 잊으려고 애쓰면서 힘들어하죠. 하지만 잊을 수도 없앨 수도 없어 오래 고통받습니다.

잊어야 하는 건 그 사람이 아니라 그 사람에 대한 내 감정이기 때문에 내 감정이 사그라들면 그 사람은 오히려 또렷하게 보이게 돼요. 얄궂게도 그 과정에서 그 사람의 됨됨이가 선명하게 보이기 마련이고요.

그때마다 머릿속에서 '내가 왜 이런 사람을 좋아했을까?'라는 의문이 들죠. 바로 사람 보는 안목이 생기는 거예요.

좋아했던 사람을 잊으려면 그에게서 눈을 돌릴 게 아니라 그를 제대로 들여다보아야 합니다. 또렷하게 잘 보이는 거리까지 물러나서요.

연애에서 마음이 식는다는 건 결국 꿈에서 깨어나듯 제정신이 든다는 뜻이니까요(일본어에서 '사랑하는 마음이나 열정이 식다 冷める'라는 동사와 '잠 또는 꿈에서 깨어나다 覚める'를 뜻하는 동사는 모두 '사메루'로 읽는다).

네가
떠난 자리에

자신이 변화하는 때는 주위 사람들이 떠나가는 때이기도 합니다. 어차피 떠날 사람을 걱정하고 두려워하기만 한다면 결코 현재의 자신을 바꿀 수 없을 거예요.

　떠나는 사람보다 앞으로 만날 사람을 소중히 여기기로 해요. 사람이 변할 때 누군가 떠나는 건 어쩔 수 없는 일이니까요. 관계에 너무 연연하면 자신을 변화시키는 건 꿈도 못 꿀 거예요. 그 사람이 떠나갈까봐 두려워 고여 있는 물 같은 현재의 상황을 벗어나지 못한 채 나답게 살기를 포기하고 그 자리에 머물러만 있다면 점점 가슴이 옥죄일 거예요.

　반면, 여전히 변함없는 시선으로 지켜봐주는 사람도 있기 마련이에요. 앞으로 좋은 관계를 쌓아가게 될 사람과 한결같이 곁을 지켜주는 사람. 이런 사람들과의 관계 속에 나답게 살 수 있는 '나만의 자리'가 반드시 있을 거예요.

　거듭 변화해나가는 삶 속에서 나의 중심을 지킨다면 제대로 된 인간관계를 만들어갈 수 있어요.

떠나는 사람보다
앞으로 만날 사람을
소중히 여기기로 해요.

모처럼
실연당했으니

이렇게나 참았는데,
이렇게나 힘들었는데,
이렇게나 사랑했는데

나쁜 연애일수록 미련이 꼬리에 꼬리를 물고 이어져 집착하게 되기 쉽습니다. 보상을 바라는 마음과 집착이 뒤섞이면 자꾸만 원망의 말을 내뱉게 됩니다. '이렇게 참았는데, 이렇게나 힘들었는데, 이만큼 사랑했는데…….' '…했는데'라는 말은 단념하지 못하는 마음의 진짜 얼굴이에요.

나쁜 연애일수록 당연히 만족스러울 수 없어요. 마음이 허전한 만큼 상대에게 보낸 사랑에 보상받고 싶은 욕구가 강해져 늘 뭔가를 바라고 달라붙게 되는 거예요.

자신이 이런 상태에 놓였다면 그저 사랑받고 싶을 뿐, 이미 사랑은 식었다는 사실을 알아야 해요. 조금만 냉정하게 생각해보면 금세 알 수 있어요. 지금까지 쏟은 애정에 대한 보상을 받고 싶어서 사랑받고 싶다는 욕망에 농락당하고 있을 따름입니다. 좀 심하게 말하면 "어서 빌려준 돈 갚으라니까!" 하는 사람이나 다름없어요.

'사랑하고 있는 걸까, 사랑받고 싶은 걸까.' 이 질문을 잘 생각해보면 이미 사랑은 끝났다는 걸 깨닫게 될 거예요. 이 또한 씁쓸한 일이긴 하지만, 이때의 미련은 욕구에서 움튼 집착과는 다르게 어딘가 후련한 느낌이 듭니다.

애정은 미련을 남기지만 욕구는 집착을 남깁니다. 미련은 앞으로 나아갈 수 있게 자극을 줄 수도 있지만 집착은 발목을 잡죠.

정말 행복했다고 떠올릴 수 있는 연애일수록 헤어진 후에 더 빨리 털고 일어설 수 있습니다.

아픈 기억을
받아들인다는 건

인간은 아픈 기억 없이는 달라지기 힘든 존재예요. 바뀔 수밖에 없는 상황이 되어야 비로소 변화하거든요.

이때, 아픈 기억에 발이 묶여 소중한 것을 버리고 절망의 늪으로 빠져들까, 아니면 소중한 것을 키워서 성장할까를 선택해야 하는 중요한 분기점에 다다르게 됩니다.

좋든 나쁘든 사람이 바뀔 때는 그 고비마다 아픈 상처가 있기 마련입니다. 나쁜 쪽으로 바뀌는 것은 그야말로 순식간이에요. 정말이지 눈 깜짝할 사이에 변한다니까요.

위에서 말한 '소중한 것'은 아픈 기억 그 자체예요. 아픈 기억을 버리면 자신에게는 잘못이 없다고 믿게 됩니다. 바꿔 말하면 상대가 잘못했다고 믿는 거죠. 그렇게 아픈 기억을 떨쳐내고 남 탓을 하며 편해지려는 겁니다. 편해지기로 했으니 올라가기보다는 내려가는 쪽을 선택하겠죠. 그래서 높은 곳에서 데구루루 굴러 떨어지듯이 눈 깜짝할 사이에 변하고 맙니다.

한편, 바람직한 방향으로 바뀔 때는 시간이 걸립니다. 아픈 기억을 받아들이고 그것을 소화해서 같은 상처를 두 번 다시 되풀이하지 않기 위한 계기로 삼아 성장하기 때문이에요.

아픈 기억이라는 성장의 싹을 잘라버리느냐, 아니면 소중히 키워 경험이라는 꽃을 피울 것이냐를 선택하는 기로에서 좋은 쪽과 나쁜 쪽의 방향이 결정됩니다. 선택은 물론, 스스로 내리는 거고요.

사랑에
열등감은 필요 없어요

'무슨 일이 있어도 아주 예뻐지고 말겠어. 그래서 걔가 날 다시 찾아오게 할 거야!'

이런 불굴의 의지로 노력하여 매력적인 사람으로 거듭나서 드디어 상대가 당신을 다시 돌아볼 때쯤이면, 이미 당신은 그 사람 따위 아무래도 상관없어졌을걸요.

이별은 차버린 사람과 차인 사람 사이에 상하 관계를 만듭니다. 필요 이상으로 의식하는 쪽은 아무래도 차인 쪽이겠죠. 스스로를 '한심한 사람'으로 못 박아놓고 열등감에 시달리며 상대와 멀어지면 멀어질수록 아픔을 느끼는 거예요. 보통은 시간이 그 차이를 메워주지만 활동적인 사람은 먼저 나서서 괴리를 메우려고 몸부림치죠. 자신을 갈고닦으면서요.

상대가 한 번이라도 나를 다시 돌아봐주길 바라는 욕망이 원인이 되어 스스로를 가꾸게 되는 건데요, 보통은 정해놓은 선에 다다르기 전에 차이가 메워져 열등감의 감옥에서 벗어나기 마련이에요.

욕망은 무언가 부족함을 느낄 때 싹트기 때문에 열등감에서 해방되기만 하면 그 욕망은 이제 아무래도 상관없게 되어버립니다.

그런데 헤어진 연인이란 참 희한하죠? 더 이상 아무렇지 않아질 즈음에 꼭 연락을 해 온다니까요. 죽어서도 저세상으로 가지 못하고 구천을 떠도는 귀신처럼요.

'좋아요'
누르지 말 것

인간관계에서 인연의 끈은 무척이나 중요합니다. 그에 못지않게 인연을 끊는 것도 중요한 일이에요. 이 두 가지가 조화를 이룰 때 적절한 인간관계를 만들어갈 수 있어요.

그렇게 생각하면 SNS는 인연을 이어주는 데는 특화되어 있지만 인연을 끊을 때를 생각하면 무척 성가신 매체이기도 합니다.

헤어진 연인의 SNS를 찾아다니면서 지금 뭘 하고 있는지를 엿본다거나 끊어야 할 관계인데도 계속해서 서로의 생활을 몰래 볼 수 있다는 건 참 곤란한 상황이죠.

소통의 도구로 SNS를 주로 이용하는 요즘 환경에서는 복잡하게 얽힌 인연을 끊기 어려울뿐더러 자꾸 미련이 솟아납니다. 관점에 따라서는 마음의 병을 얻기 쉬운 환경이기도 해요. 미련을 끊어낼 각오를 예전보다 훨씬 더 단단히 해야 하는 때, 바로 지금입니다.

자니?

사랑이 끝나고
나는 더 좋아졌다

잊는다는 건
관심을 버리는 거예요.
옛 애인의 행복을 바라는 짓은
하지 않는 겁니다.

잊게 해줘,
잊게 해달라고!

미련에 대한 고민 상담을 무척이나 많이 받고 있어요. 개중에는 떠나간 인연에 연연하며 5년, 6년씩이나 괴로워하는 사람도 있더 군요. 하지만 사연을 읽어보니 미련이 남았다고 꼭 관계를 되돌리고 싶어하는 건 아닌 것 같아요.

옛 애인을 다시 만나고 싶다기보다는 하루 빨리 편해지고 싶다는 마음이 더 강한 걸지도 몰라요. 그중 하나가 재결합일 뿐인 거고요. 실제로 오래 미련을 떨쳐버리지 못하는 사람은 '잊게 해줘! 어서 잊게 해달라고!' 하고 옛 애인에게 매달리는 것처럼 보이기도 해요. 잊고 싶은 사람에게 잊게 해달라며 매달리는 꼴이니 대체 언제 잊을 수 있겠어요.

심심풀이로 가볍게 만나는 사람 취급을 당하면서 언제까지나 잊게 해달라고 소리치며 매달릴 건가요? 결국 끝없는 미련 루프에 빠져, 혼자서는 아무것도 할 수 없는 사람이 되어버릴 거예요. 자신이 빠져나올 수 없는 무한 루프에 갇혔다는 사실, 부디 깨닫길 바랍니다.

잘 살지 말아요

이별 후 좋아했던 상대를 잊는 과정에서 보이는 두 가지 유형이 있어요. 정을 떼기 위해 일부러 상대방을 미워하려고 애쓰는 사람과, 그와 반대로 상대의 행복을 빌어주는 사람이에요. 얼핏 정반대의 사고방식 같지만 관심을 준다는 점에서는 다를 바가 없어요.

잊는다는 건 관심을 끊는 거예요. 옛 애인의 행복을 바라는 짓은 하지 않는 겁니다. 반대로, 일부러 미워하려고 애쓰지 않아도 돼요. 헤어졌다고 해서 특별히 뭔가를 하려 들지 마세요. 그게 관심을 끊는 최선의 방법입니다.

하지만 관심을 없애는 건 마음대로 되는 일이 아니기에 정말 괴롭고 쉽지가 않죠. 그렇다고 미워하려고 애쓰거나 행복을 빌어주는 일 따위는 괴로운 마음에서 도망치려는 몸부림일 뿐인데 어떻게 상대를 잊을 수 있겠어요? 상처받는 것을 두려워하지 않고 이별의 현실에 당당히 맞서면 오히려 완전하게 실연을 극복할 수 있을 거예요.

사랑의 전 단계는
우정인가요?

사귀었던 남자의 "친구로 돌아가자"는 말에서 친구는 친구 이상의 관계를 뜻합니다. 반면에 여자가 그런 말을 했다면 친구 이하의 관계로 지내자는 뜻이죠.

남자에게 헤어진 여자란 언제나 친구 이상의 존재이며 여자에게 헤어진 남자는 친구 이하의 존재입니다. 남자에게 헤어진 여자는 잊고 싶지 않은 존재이며 여자에게 헤어진 남자는 잊고 싶은 존재예요.

이는 성별에 따른 감수성의 차이에서 생겨난 성향입니다. 여성은 대체로 감수성이 풍부하기 때문에 행복할 때는 남성보다 더 크게 행복해하고 헤어졌을 때는 더 괴로워해요. 이런 과정 속에서 부정적인 감정이 계속되면 '더 이상 고통받는 건 위험해!'라는 신호를 뇌로 보냅니다. 그러면서 자기방어를 위해 감정을 차단하게 되지요.

헤어진 남자를 친구 이하의 존재로 여기는 것은 그 정도의 거리가 안전하게 느껴지기 때문입니다. 그래서 감정이 사라지면 믿을 수 없을 정도로 냉정하게 변하는 거고요.

미련에 질질 끌려가는 사람은 현실을 받아들이지 못하기 때문에 자기방어가 작동할 정도의 아픔을 느끼지 못합니다. 그래서 언제까지나 미련을 떨쳐버리지 못하는 거죠.

헤어질 때 현실의 아픔을 제대로 받아들일 수 있다면 감정도 깔끔히 정리할 수 있을 거예요.

사랑이 끝나고
나는 더 좋아졌다

어제까지만
사랑했던 사람

이 사람보다 좋은 사람은 없다는 생각은 주로 이별 직후 찾아옵니다. 그 사람은 세상에 단 한 명뿐이니까 더 좋은 사람이 있다는 게 말이 안 되죠. 그를 원하는 한 그보다 좋은 사람이 나타날 리 없어요.

하지만 잘 생각해보세요. 당신이 정말 원하는 건 현재의 그가 아니라, 행복하던 과거의 그 아닌가요? 그와 함께 보낸 행복했던 때를 그리워하면서 현재의 달라진 그의 모습은 보지 않으려 하는 건 아닐까요.

실연의 괴로운 상황에 문득 눈을 뜨는 경험은 누구나 할 텐데요, 그건 그의 현재 모습이 비로소 또렷이 보이는 때예요. 이 사람은 더 이상 내가 사랑하던 그가 아니라는 현실이요.

오늘을 살지 않으면 현재는 보이지 않아요. 과거에 살기를 멈춰야 드디어 현재에 눈뜰 수 있습니다.

호감 가는 친구였던,
사랑하는 사이였던,
나를 힘들게 만드는 사람이었던,
더는 친구로 돌아갈 수 없는 그 사람,
지금에서야 완전한 남남.

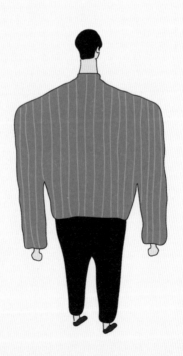

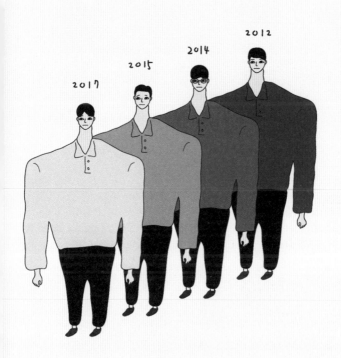

사랑에
조건을 걸고 있나요

쉽게 빠져들었다가 금세 식어버리곤 해서 애인을 자주 갈아치우는 사람들에게는 공통적인 성향이 있는데요, 바로 전 애인과 비슷한 타입을 계속해서 만난다는 점이에요. 그 이유가 전 애인을 잊지 못해서인지, 단지 이상형에 가깝기 때문인지는 사람마다 다르겠지만 후자에 좀 더 가까워 보여요.

단 한 가지라도 이상형에 가까운 조건을 충족하는 사람을 만나면 안테나가 삐리리릿! 하고 반응하는 거죠. 일단 사귀기 시작하면 이상형에서 빗나가는 모습이 기어코 눈에 걸리기 시작합니다. 이때부터 마음이 급격히 식어가겠죠.

외로움을 때우기 위한 연애는 외로움의 원인인 전 애인의 환상을 좇기 마련인지라 무의식중에 전 애인과 비슷한 타입을 고르게 됩니다. 실연 후에 많은 사람들이 저지르는 실수죠. 하지만 이 세상에 같은 사람은 하나도 없으니 결국은 이질감을 느끼게 될 수밖에요. 그제야 외로움을 때우기 위한 방편으로 연애를 해왔다는 걸 깨닫고 죄책감에 사로잡히고 말아요.

실연의 아픔에서 홀로 선 사람은 상대에 대한 감정을 깔끔히 정리합니다. 잊었다는 건 이미 전 애인에게 무관심해졌다는 뜻이므로 비슷한 타입에게도 별로 관심을 갖지 않게 되죠.

전 애인과 전혀 다른 타입과 사귀는 사람은 대부분 실연의 아픔에서 완벽히 벗어난 사람입니다. 반면 전 애인과 비슷한 이상형을 또다시 찾는 사람은 사랑에 조건을 걸고 있는 셈이에요. 조건이 붙은 연애를 하는 동안은 무조건적으로 사랑할 수 있는 연인과는 만나기 힘듭니다.

차는 건 넌데
울긴 왜 울어?

남자들은 자기가 차버린 사람한테도 독점욕을 갖고 있나봐요. 헤어진 뒤에도 잊을 만하면 또다시 연락을 해 오는 사람들이 많으니까요.

여자 입장에서는 성가시기 짝이 없는데요, 이 때문에 마음이 약해져서 미련을 쉽게 끊지 못하고 곤란한 상황에 놓이는 여자들도 많습니다.

이별을 고한 남자의 눈물은 사랑하는 사람과 헤어지는 슬픔에서 나온 눈물이 아니라 더 이상 사랑받지 못한다는 아쉬움에서 나온 눈물이에요. 애정이 아니라 자기애로부터 솟구친 눈물이라고요.

만약 전 애인이 단둘이 공유하는 취미와 관련된 선물을 했다면 연결고리를 남겨놓고 싶다는 마음을 드러낸 증거인 셈이죠. 더 이상 사랑하지 않지만 상대는 변함없이 나를 좋아해주기를 바라는 바람둥이들의 수법이에요.

먼저 헤어지자는 말을 꺼낸 사람이 눈물을 보이면 그 말을 들은 사람도 울 수밖에 없기 마련이에요. 마지막만큼은 여자가 먼저 속 시원히 울 수 있게 해주면 좋을 텐데 헤어지는 마당에 줄 수 있는 게 눈물을 닦은 손수건밖에 없다니요.

 사랑이 끝나고
나는 더 좋아졌다

이별에는
동의가 필요하지 않아요

좋은 이별이 둘이 만나서 충분히 대화를 나누고 서로의 동의 아래 아무 원한도 없이 '바이바이' 하는 거라고 생각하세요? 그건 환상이에요.

헤어진다는 건 잔혹한 일이에요. 사귈 때는 서로 동의가 필요하지만 이별에는 필요 없거든요. 어느 한쪽이 "더 이상 안 되겠어"라고 말하면 그냥 거기서 끝인 겁니다.

인정하고 하지 않고의 문제가 아니라 인정할 수밖에 없는 게 이별이에요.

어설프게 헤어지자는 동의를 구했다가는 "친구로 돌아가자"라든가 "아직 싫지는 않으니 계속 만나보자" 같은 대답이 돌아올 거예요. 결국에는 동의를 이끌어내기 위한 상냥한 거짓말이 총동원 되겠죠.

희망 고문만큼 상대를 집착하게 하는 건 없어요. 좋게 헤어지려는 마음에 상냥한 거짓말을 했다가는 나중에 고생만 할 거예요.

이별은 일방적이어도 괜찮습니다. 상대를 설득시킬 필요가 없을뿐더러 경우에 따라서는 직접 만날 필요도 없다고 생각해요.

남아 있는 정을 싹둑 잘라버리고 비정해질 것. 그게 서로를 위해 가장 좋은 방법입니다.

만나는 사람은 달라도
이별의 이유가 항상 같다면

연애를 어떻게 끝내는지 보면 그 사람의 됨됨이를 알 수 있어요. 한차례 사랑을 마무리하면서 우리는 인생의 달고 쓴 맛을 알아가고 성장하기를 반복하잖아요. 배움과 성장을 제대로 이룬다면 매번 똑같은 식으로 연애를 끝내지는 않을 거예요.

늘 같은 식으로 연애를 끝낸다는 건 만나는 사람은 달라도 늘 같은 패턴을 되풀이하고 있다는 뜻이에요. 똑같은 결과의 반복을 통해서는 배움도, 성장도 이룰 수가 없습니다.

연애가 끝이 나는 건 헤어질 때가 아니라 비로소 잊을 때예요. 아픈 기억으로 배운 경험을 거름 삼아 성숙해지면 뇌가 그 기억을 이제 내겐 필요 없는 것으로 인식하여 잊을 수 있게 돼요.

이건 자립심을 길렀을 때 가능해집니다. 의연히 생각해야 연애에서 진정 홀로 설 수 있어요.

아무리 두터운 신뢰를 쌓아온 사이라도 영원히 지속되는 관계는 없으며 언젠가는 꼭 헤어져야 할 때가 오기 마련이에요. 이때 '이 사람과 함께할 수 있어서 참 좋았어' 하고 미소 지으며 마지막을 맞이하는 것이 성숙한 마무리입니다. 같은 연애를 두 번 되풀이할 여유 없잖아요. 혼자가 될 수 없는 사람은 둘도 될 수 없어요. 늘 같은 연애라니, 지루할 뿐이에요.

사랑이 끝나고
나는 더 좋아졌다

이토록 멀어진
우리 사이

한 번 헤어진 연인은 다시 만나도 예전 같은 관계를 이어갈 수 없습니다. 그 이유 중 하나는 헤어진 뒤 서로의 시간축이 크게 어긋났기 때문이에요.

이별을 먼저 말한 사람의 시간은 헤어진 뒤 1년이 한 달처럼 느껴질 만큼 빠르게 흘러가요. 함께했던 시간들이 순식간에 과거가 되어버리는 거죠. 반대로 차인 쪽은 한 달이 지나도 사귀었던 때가 마치 어제 일인 것처럼 과거에 꽁꽁 묶여 있어요. 같은 한 달이라도 찬 사람은 1년 치의 변화를 겪는 반면에 차인 사람은 하루만큼의 변화밖에 겪지 않습니다.

이 시간의 간극이 메워지기 전에 다시 만나게 되면 시간이 빚어낸 차이가 찬 사람과 차인 사람 사이에 상하 관계를 만들고 말아요.

차였던 사람은 열등감에 주눅 들어 불안해하기 마련이고, 찼던 사람은 차였던 쪽의 열등감이 부담스럽기만 합니다. 여기서 감정이 엇갈리게 되고 결국 관계가 다시 깨질 확률이 높아지는 거죠.

헤어진 후에 다시 관계를 되돌리고 싶다면 우선 그 벌어진 시간의 차이를 메워야 해요. 그 차이는 언제 메워질까요? 바로 그 사람에게 관심이 없어졌을 때입니다. 그러지 않고서는 아무리 세월이 지나도 체감 시간이 서로 다를 수밖에 없어요. 헤어진 후에는 우선 완전히 남남으로 돌아가는 것이 원칙입니다.

'어쩌면…'은
없으니까

추억의 물건과 실연의 극복은 그다지 상관이 없어요. 두 사람의 추억이 깃든 물건을 버린다고 미련이 사라지는 것도 아니고, 줄곧 소중히 보관한다고 그 사람이 돌아오는 것도 아니잖아요.

지난 사랑에 연연하는 사람은 어떻게 해도 지독한 미련에 시달려 괴로워할 것이고, 뒤돌아보지 않는 사람은 무얼 해도 금세 훌훌 털고 일어날 거예요.

좀처럼 미련을 떨쳐버리지 못하는 사람은 그 사람을 잊지 못한다기보다 그 사람과 함께 보낸 시간 동안 행복했던 자신을 잊지 못하는 경향이 있어요. 버릴 게 있다면 추억의 물건이 아닌, 관계를 되돌리고 싶다는 기대예요.

미련을 별로 남기지 않고 깔끔하게 관계를 끝맺는 사람은 제일 먼저 그런 기대를 잘라버리기 때문에 추억이 담긴 물품을 처분하는 데에도 별로 주저하지 않아요. 그런 물건이 있든 없든 아무 상관없을 정도로 무관심해지는 게 바로 잊는 거니까요.

무관심해지면 미련도, 헛된 기대도 망설이지 않고 훌훌 버릴 수 있어요.

한심했던 나와
이별하기

만남은 대부분 의도치 않은 데서 이루어지기 때문에, 그 인연을 운명이라 생각하고 감사하는 마음을 가지는 것은 잘못된 게 아니에요. 하지만 운명에 모든 걸 걸고만 있다가는 어느새 눈앞에 성큼 다가온 이별을 발견하게 될 거예요. 이별의 까닭은 운명이 아니라 인연을 지속하지 못한 자신의 능력 때문입니다.

'그보다 좋은 사람은 없어' '나한테는 그 사람밖에 없어'라는 애착 또한 현재 자신의 부족한 능력을 보여주는 증거예요. 이별을 현실로 받아들이고 실연을 통해 성장해 연애 없이 스스로 살아갈 힘을 얻을 때 그 안타까운 애착은 비로소 사라질 겁니다.

사람은 아픈 기억을 겪으면서 변해가는 존재예요. 사랑에 진심이 담길수록 이별은 아픈 법입니다. 때문에 실연은 우리를 한껏 성장시킵니다.

이별을 운명의 탓으로 돌리고 계속 도망만 치다가는 아무것도 달라지지 않아요. 도망쳐봐야 집착이 떡하니 기다리고 있을 뿐입니다. 그 사람보다 더 좋은 사람을 상상할 수 없는 건 스스로 더 성장하겠다는 마음을 포기했기 때문이에요.

과거의 행복에 자꾸만 미련을 두는 지금의 '한심한 나'와 어서 헤어져야 합니다.

사랑이 시간을
잊게 해주었듯이,
이번에는 시간이 사랑을
잊게 해줄 거예요.

시간이 지나 다시 만난다 해도
우리는…

Q 1년 뒤 각자 성장해서 다시 만나자고 약속하는 거, 어떻게 생각하세요? '너를 좋아하는지 잘 모르겠다. 사실 호감 가는 사람이 생겼다. 1년간 그 사람에게 노력해보고 싶다'는 이유로 차였습니다. 하지만 1년 뒤 꼭 돌아오겠다고 약속하면서 기다려달라고 하더군요. 어떻게 생각하시나요? 역시 잘못된 걸까요?

상대를 놓아주는 일은 이별을 말한 사람이 지녀야 할 책임이자 의무예요. 1년 뒤 다시 만나자고 약속한다는 건 다른 의미로 1년 동안 구속하겠다는 심산이잖아요. 이 약속이 얼핏 믿음직스럽게 들릴 수도 있겠지만 이만큼 잔인한 이별도 없어요. 정말 진심인지, 아니면 책임에서 벗어나려는 변명인지 모르겠지만, 설령 진심이라 할지라도 결코 해선 안 되는 짓이죠.

관계를 마무리 짓는 과정에서 인격이 가장 잘 드러나는 법이에요. 이미 끝난 관계에 집착할 이유를 제공하는 사람 중에 멀쩡한 사람은 없어요. 상대를 깔끔하게 놓아주는 게 좋은 마무리입니다.

1년 후에 다시 만난다 하더라도 지금은 어차피 헤어지잖아요. 그런 약속 따위 개의치 않을 정도로 멋진 사람이 되세요.

연애 세포가
죽어버렸어요

Q 완전히 혼자가 되는 건 언제일까요? 단순히 시간을 의미하는 건가요? 아니면 옛 애인을 떠올리지 않게 될 때인가요? 연애라는 게 어떻게 생겨먹은 건지 생각조차 안 나요(웃음).

 👍 ▬▬▬   💬 ▬▬   ➔ ▬▬▬

실연의 아픔을 지나 온전히 혼자로 돌아오는 때는 '연애하는 법을 까먹었을 때'예요. 반대로 연애라는 게 뭔지 가장 절실하게 느낄 때는 실연 직후입니다. 마음에 뚫린 상실감의 구멍이 바로 연애의 모양입니다. 그러므로 연애를 어떻게 하는 건지 알 수 없게 되었다는 건, 이전에 겪은 실연에서 홀로 섰다는 증거인 셈이에요.

연애 감정은 늘 한결같은 것이 아니에요. 사귀는 사람에 따라 다양한 양상으로 변합니다. 똑같은 연애는 없는 법이죠. 연애하는 법을 모르는 건 당연해요. 몰라야 비로소 새로운 연애를 할 수 있는 준비가 갖춰지는 거고요.

'좋아한다는 게 뭐야? 사랑이 뭐지?'

모르기 때문에 새로운 사랑을 시작할 수 있는 거예요. 처음부터 답이 훤히 보이는 연애라면 따분할 테니까요.

고마워하면 마음이 가벼워져요.
신기하게도요

사랑이 끝난 후에 미련은 누구나 갖기 마련이지만 미련과 함께 쫓아오는 집착은 문제가 됩니다. 실연 뒤에 집착하는 마음이 생기는 이유는 대부분 연애가 그다지 행복하지 않았기 때문이거든요.

　　'이토록 참았는데… 그렇게 힘들었는데…' 하는 생각이 머리와 마음 깊숙한 곳에 자리잡게 되면 후회와 집착이 더욱 심해집니다.

　　한마디로 집착은 '행복의 묵은빚' 같은 거예요. 내 행복을 책임지라고, 내가 보낸 사랑에 보답하라고 매일 행복을 요구하는 독촉장을 보내는 거나 다름없죠. 정말로 행복한 연애를 해온 사람은 미련이 남을지라도 줄곧 붙들고 있지는 않거든요.

　　미련이란 지난 연애를 잊지 못하고 자꾸만 뒤돌아보는 일입니다. 연애를 하는 동안 서로에게 충분히 감사해하고 만족했다면 그 좋은 기억이 추억이 되어 미련을 훌훌 날려 보내줄 거예요. 만족감이 높은 연애일수록 미련에 질질 끌려가지 않아요.

완벽한 사랑이란
없을지라도

너무 잘해주지
마세요

Q 저는 애인이 원하는 거라면 뭐든지 다 들어줘요. 그런데 친구한테 "넌 너무 잘해줘서 상대를 무능하게 만들어"라는 말을 들었어요. 너무 잘해주는 연애는 좋지 않은 건가요?

다퉜을 때 자기 잘못이 없더라도 먼저 사과를 한다거나, 같이 살 때 집안일을 전부 도맡아 하는 사람이 있는데요. 그 이면에는 '이게 편하니까'라고 생각하는 심리가 있어요.

다툼이 생겼을 때 서로 솔직하게 이야기 나누기보다 얼른 사과하고 마는 것이 편하다고 생각하는 거죠. 집안일 분담도 의논해서 결정하는 것보다 자기 혼자 다 해치우는 게 편하다는 마음을 먹는 거고요.

마냥 착해서가 아니라 다툼을 피하고 싶어서 혼자 모든 짐을 짊어지는 건 아닌가요? 너무 잘해줘서 상대를 무능하게 만드는 게 아니라 자신에게 편한 길만을 택해서 근사한 사람이 될 기회를 빼앗는 겁니다.

마음을 다해 사랑하려면 모든 걸 묵묵히 혼자 짊어지지 말고 서로 아낌없이 대화를 나누어야 해요. 전부 받거나 주기보다 절반씩 나눈다면 애정은 훨씬 더 커질 겁니다.

그러려면 대화는 피해갈 수 없는 과정입니다. 그래서 말이죠, '이 사람을 위해서라면 뭐든지 할 수 있어!'라는 느낌보다 '이 사람과는 진솔하게 대화를 나눌 수 있어'라는 느낌이 드는 사람과 함께했을 때 오래, 아주 오래갈 수 있습니다.

사랑이 끝나고
나는 더 좋아졌다

연애의 끝에서
후회하지 않으려면

Q 연애를 하면서 너무 괴롭고 힘들었는데 막상 헤어지자는 말을 들으니 왜 그렇게 눈물이 날까요. 도저히 이별을 받아들일 수 없는 제 마음을 모르겠어요.

순풍에 돛단 듯 마냥 행복하기만 했던 연애일수록 헤어진 뒤에 더 미련이 남을 것 같죠? 실은 그 반대예요. 뭔가 삐걱거렸던 만남이 더 아쉬움을 남기는 법이에요. '내가 좀 더 참을걸'이라는 후회에 빠지기 쉬우니까요.

연애가 생각대로 잘되어가지 않는 데서 불거져 나온 초조함이나 불안을 좋아하는 감정으로 억눌러 참으면서 미래의 행복을 꿈꾸는 겁니다. 다시 말해, 현재의 인내심과 맞바꿔 미래의 행복을 손에 넣으려는 거지요.

이때 갑자기 상대에게 이별을 통보받으면 행복할 거라고 믿어 의심치 않았던 미래의 행복을 빼앗겼다는 충격에 이별을 거부하고 미련을 떨쳐버리지 못하게 됩니다.

반면에 원하는 대로 순조롭게 흘러간 연애를 했다면 의외로 미련이 오래가지 않아요. 물론 이별 직후에는 힘들겠지만, 실연을 딛고 일어서는 데 걸리는 시간은 의외로 짧더군요.

그건 감사하는 마음이 있기 때문입니다. 지나간 사랑에 "고마웠어!"라고 말하며 손을 흔들어보세요. 행복했던 과거에 감사하는 마음이 미련을 깨끗이 밀어내거든요.

과거의 사람과 기억을 쓸데없이 붙들고 놓지 못하는 사람은 그만큼 순조롭지 못한 사랑을 한 걸지도 모릅니다.

솔직한 마음을
들어주지 못해서

연인과 싸운 뒤 무시하기 작전으로 일관하는 남자들이 있습니다. 전화를 걸어도 받지 않고, 문자를 보내도 무시하고, SNS 메시지를 읽고도 답이 없기 일쑤죠. 삐쳐서 심통을 부리면서 길면 한 달이나 가까이 묵묵부답인 경우도 있어요.

계속되는 무시를 견디지 못하고 먼저 냉전 상태를 포기하는 건 보통 여자 쪽입니다. 상대의 불친절을 참지 못하고 문을 쾅 닫는다거나 발소리를 내 불편한 감정을 드러내는 방식으로요. 그런데도 묵묵부답이 계속되면 여자는 결국 화를 내게 되고, 남자의 무시는 또다시 시작돼요.

남자는 여자의 날 선 말을 견디지 못하고 여자는 남자의 무시를 견디지 못해서 또다시 가시 돋친 말을 내뱉습니다. 그런 악순환에 빠져 싸우면 늘 장기전으로 간다고 고민을 털어놓는 사람이 꽤 많아요.

이 모든 게 서로의 말을 귀 기울여 듣지 않는 것에서부터 비롯됩니다. 여자는 자신의 말만 하느라 상대에게 귀를 기울이지 않고, 남자는 구구절절 설명하고 싶지 않아서 여자의 말을 무시하는 거죠.

오래 만남을 이어가려면 서로의 마음을 터놓고 대화해야 합니다. '솔직한 마음은 솔직한 귀에 들린다'는 말이 있듯이 꾸밈없이 마음을 터놓고 대화하려면 무엇보다 상대의 말을 진솔하게 들어주는 태도가 중요해요. 상대의 말에 쫑긋 귀 기울인다면 상대도 마음을 열고 진심을 이야기하게 되고, 그렇게 두 사람 사이에 진실한 대화가 가능해질 거예요. 서로 사랑한다는 건 사랑하는 마음을 끊임없이 상대에게 전하는 거니까요.

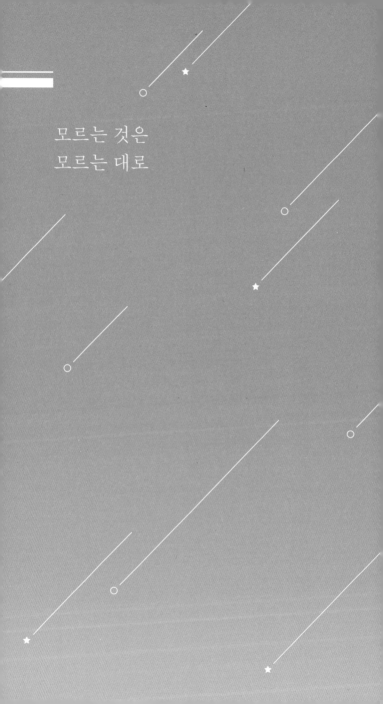

모르는 것은
모르는 대로

사랑하는 사람에 대해 모든 것을 알지 못해도 괜찮습니다. 모르는 부분은 모르는 대로 두세요. 알지 못하는 부분은 신뢰하면 됩니다. 모든 것을 알려고 하다가 전부 잃게 될 수 있어요.

전부 알고 싶어 한다는 것은 서로 모든 것을 터놓는 관계를 만들어가고 싶어서겠지요. '열린 관계'라고 하면 구속하지 않는 자유로운 관계라는 뜻으로 들리니 그러한 관계를 동경하는 심정도 이해는 됩니다. 그러나 모든 것을 억지로 털어놓기를 강요한다면 오히려 완전한 구속에 이르게 돼요.

솔직한 관계가 되고 싶은 마음에 상대의 비밀을 인정하지 않고 받아들일 각오도 없이 비밀을 마구 파헤치다가 결국은 관계도, 사람도 잃었다는 사람이 너무나 많더군요.

왜 모든 걸 터놓는 관계가 되고 싶어 하는 걸까요? 그 사람에 관해 모르는 부분이 불안하기 때문입니다. 그 부분을 신뢰하기 위한 애정이 뒷받침되어 있지 않기에 하나부터 열까지 모두 다 알고 싶은 거예요.

내가 모르는 상대의 모습을 신뢰하지 못한다는 건 자신의 알리고 싶지 않은 부분이 불안하기 때문일지도 모릅니다. 자신에게 뭔가 켕기는 부분이 있으니까 결국 자신의 불안감을 상대에게 투영하고 있는 건 아닌지 생각해볼 필요가 있어요.

알지 못하는 부분은 알지 못하는 대로 그냥 두세요. 그건 파헤쳐야 할 부분이 아니라 믿어야 할 부분입니다. 불안한 자신의 마음을 더 챙기세요.

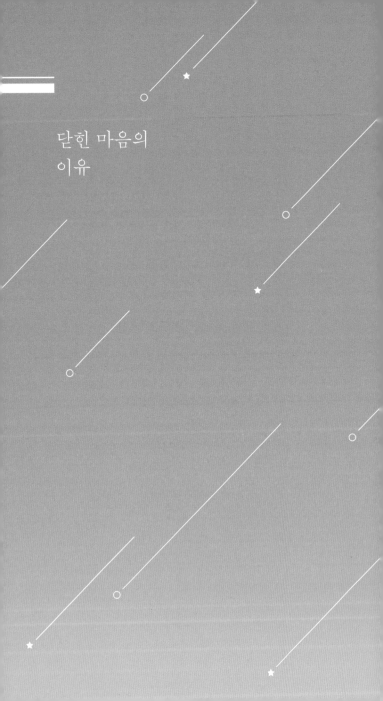

닫힌 마음의
이유

제게 들어오는 고민 상담 중에는 '사람을 믿지 못하겠다'는 사연이 상당히 많습니다. 이들의 글을 읽어보면 대부분 누군가에게 배신당한 경험으로 인해 남을 믿을 수 없게 되었다고 말합니다.

하지만 조금만 더 깊이 파고 들어가 보면 애초에 배신당한 이유는 자신이 상대를 그다지 믿지 않았던 데 있다는 걸 깨닫게 될 겁니다. 상대를 진심으로 신뢰하지 않아 몰래 휴대폰을 훔쳐본다거나 심한 질투로 속을 끓이면서 서로를 지치게 만들지는 않았는지 되돌아봐야 해요.

사람을 믿지 못하는 이유는 다른 사람에게 배신당한 경험이 아니라 자신이 남을 배신한 경험에 있을지도 몰라요. 이 배신의 경험을 없었던 일로 만드려고 한다면 문제는 더 심각해집니다. 기억에 뚜껑을 덮어버릴수록 당시 배신했던 자신을 언제까지고 용서할 수 없게 됩니다. 무슨 일이 있을 때마다 남에게 스스로를 투영하고 그를 믿지 못하는 거지요.

배신당한 경험 때문에 사람을 못 믿게 된 게 아니라, 자신이 저지른 불신과 배신의 경험으로 인해 남을 못 믿게 된 겁니다.

울어도 괜찮아요.
오늘 내리는 비는
내일 피는 꽃을 위한
거니까요.

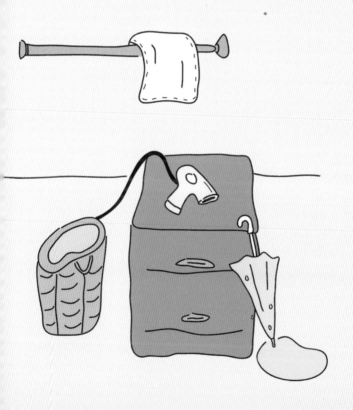

불행의 길로 들어서는
법

불륜에 관한 고민 상담이 꽤나 많이 들어옵니다. 바람을 피울 때 조심해야 할 열 가지 사항을 알려드릴게요.

특별한 날에는 함께할 수 없다고 마음을 단단히 먹을 것

만날 때는 향수를 뿌리지 말 것

둘이 함께 사진을 찍지 말 것

선물을 하지 않을 것

집과 가까운 곳에서 만나지 말 것

길에서 우연히 마주쳐도 아는 척하지 말 것

내 쪽에서 먼저 연락하지 말 것

두 사람 관계를 절대 입 밖에 내지 말 것

고민이 있어도 아무에게도 상의하지 말 것

결코 상대에게 가장 소중한 존재가 되기를 꿈꾸지 말 것

그리고 함께 있던 증거를 절대 남기지 않는 것이 불륜의 기본 원칙입니다. 이런 각오가 되어 있다면…

자, 불행의 길로 들어서시죠.

둘이 함께
지켜야 하는 것

Q 콘돔은 항상 남자 친구가 준비하는데요, 가끔은 저도 준비해야 할까요? 그리고 남자들이 매번 같은 여자와 사랑을 나누는 것에 금방 싫증 내지는 않을지 걱정이 됩니다.

동의 하에 이루어진 성관계에 관한 책임은 두 사람에게 반반씩 있으므로 여성일지라도 만일의 경우를 위해 피임에 신경쓰는 것이 좋겠지요. 한창 분위기가 달아올라 뜨겁게 안으려는 순간, 소중한 '매너 모자'가 없다는 것을 알아차렸다고 상상해보세요. 서둘러 옷을 꿰어 입고 흐트러진 머리칼을 매만지며 편의점으로 달려가는 난감한 상황이 벌어지겠죠. 헉헉 숨을 몰아쉬며 계산대에 돈을 내밀어야 하는 상황… 생각만 해도 민망하네요.

피임 기구는 원하지 않은 임신으로부터 여성을 지키기 위한 물건입니다. 온갖 가능성을 염두에 두고, 자신의 몸을 스스로 지킬 수 있도록 할 수 있는 일을 찾아야 해요.

그리고 남자는 상대에게 호감이 있다면 쉽게 싫증 내지 않아요. 호감이 있는 상대에게 이끌리는 건 남자든 여자든 똑같아요. 그러니 언제까지나 스스로를 소중하게 여기기로 해요.

운명은
딱 거기까지

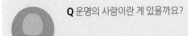

Q 운명의 사람이란 게 있을까요?

꼭 만나게 되고야 마는 운명이란 있기 어렵지만 인생은 불가사의해서 필요한 타이밍에 필요한 사람과 꼭 만나게 되는 우연이 생기는 신기한 경우가 종종 있습니다.

이건 연애에만 해당되는 얘기가 아니에요. 어쩌면 지금까지 만난 모든 사람이 운명의 사람이라고 말할 수 있죠.

하지만 아쉽게도 운명이라는 건 만남만을 이뤄줄 뿐이에요. 운명적 만남을 좋은 관계로 만들어 오래 지속해나가기 위해서는 노력이 뒷받침되어야 합니다. 행복은 운에 맡기기만 해서는 저절로 굴러 들어오지 않으니까요.

운명의 사람이란 행복을 주는 사람과는 달라요. 만남은 운명일지 모르지만 운명을 행복으로 이끄는 건 노력입니다.

운명을 맹신하는 사람들의 안 좋은 습관은 헤어진 이유를 찾을 때조차 '그 사람은 내 운명이 아니었어'라고 비겁한 결론을 내리기 쉽습니다. 주의하셔야 해요.

우리만 좋으면
다일까?

누군가를 진심으로 사랑한다는 건 그 사람의 인간관계까지도 사랑하는 것입니다.

사람은 혼자서 살아갈 수 없기 때문에 가족, 친구, 동료 등 많은 사람과 관계를 맺으며 살아갑니다. 둘이 서로 사랑하는 것만으로는 부족해요. 주변 사람들에게도 사랑받는 두 사람이 되어야 합니다.

그러려면 먼저 상대방을 둘러싼 사람들을 사랑해야 합니다. 상대에게 내가 없는 다른 세계도 존재한다는 사실을 받아들여야 해요. 둘이서만 행복해지는 경우는 없어요. 당연한 말인데도 그 당연한 것을 보지 못하는 게 바로 맹목적인 사랑이에요.

두 사람의 행복이 완성되려면 주위의 축복이 필요합니다. 그 축복을 꼭 말로 들어야만 하는 건 아니에요. 보통은 곁에서 지켜봐주는 것 자체가 축복이죠.

둘이 서로를 바라보는 것만으로는 이러한 축복을 깨닫지 못할 거예요. 두 사람의 시선이 한 방향을 향하고 있을 때 진정으로 이 축복을 깨닫고 감사할 수 있습니다. 그 감사하는 마음이 두 사람을 더욱더 단단하게 묶어줄 거예요.

아무리 사랑한다고 해도 둘만의 결합은 의외로 깨지기 쉽다는 걸 잊지 마세요. 주변 사람들에게도 사랑받는 두 사람이 되어야 합니다.

나의 '절반'을
내어주고 싶은 사람

집착과 한결같은 사랑을 혼동하기 쉽지만, 사실 둘은 완전히 반대의 성격을 갖고 있어요.

집착한다는 건 무언가에 대한 기대가 남아 있다는 뜻이에요. 기대가 남아 있다면 우연이라도 그 사람이 돌아봐주기를 원하게 되고요.

집착이 심해지면 자신의 모든 것을 바쳐 희생한 대가로 애정을 요구하게 됩니다. '이렇게나 사랑했는데…' 하고 보상을 바라는 심리죠. 그런 방식의 희생은 스스로가 망가질 만큼 상대를 사랑하겠다고 집착하는 것과 마찬가지예요.

그래서 집착하는 사람 중에는 자신을 싫어하는 사람이 많아요. 스스로를 사랑한다면 너덜너덜해질 때까지 상처받는 일은 웬만해선 만들지 않겠죠.

나의 모든 걸 바칠 필요는 없습니다. 사랑은 애정을 서로 나누어주는 일이에요. 받고만 싶은 사람보다는 절반을 줄 수 있는 사람에게 왠지 더 깊은 애정이 느껴지지 않나요? 보상을 바라지 않으면 진정으로 마음을 다하는 사랑이 가능해집니다. 물론 헤어지면 약간의 미련은 남겠지만 일편단심으로 사랑한 사람일수록 사랑에 집착하지 않습니다.

어쩌면
이미 멀어졌는지도 몰라

솔직히 말해서 불화가 생긴 뒤에는 거리를 둔대도 이미 손쓰기 어려운 경우가 많아요. 거리를 두자는 말은 대부분 서서히 멀어지자는 뜻을 담고 있는 게 현실이니까요.

거리를 두고 싶다는 마음이 들었을 때는 상대를 좋아하는지 아닌지, 자신의 마음을 잘 알 수 없는 망설임이 생긴 때입니다. 그런 고민 때문에 머릿속이 어지러워져서 좋아하는 감정이 어디 있는지, 있기는 한 건지 알 수 없게 된 거죠.

이렇게 엉망이 된 머릿속을 정리하려고 살짝 뒤로 물러섰을 때 어쩌면 좋아하는 마음을 다시 발견하게 될 수도 있겠죠. 하지만 대부분의 사람은 정리를 위해서가 아니라 죄다 쓸어 모아 버리고 싶다는 속마음으로 거리를 둬요. 망설임을 통째로 던져버리고 싶은 거죠.

망설임의 한구석에는 좋아하는 마음이 조금은 숨어 있어서 망설임을 버리면 그 관계는 애초에 되돌릴 수 없게 됩니다. 둘 사이에 불화가 생긴 뒤 거리를 두면 이미 늦어요. 행복하게 지낼 때야말로 적당한 밀고 당기기가 필요하다는 걸 잊지 마세요. 행복에 마냥 기대어 있다가 지나치게 가까운 관계로 들어서버리면 결국 그 끝에는 돌이킬 수 없는 결말이 기다리고 있을 거예요. 행복을 지키는 소중한 열쇠는 행복 속에서 찾아야 합니다.

쓸데없는 연애 따위
할 필요 없잖아요.
굳건히 홀로 일어선 사람이
승자예요.

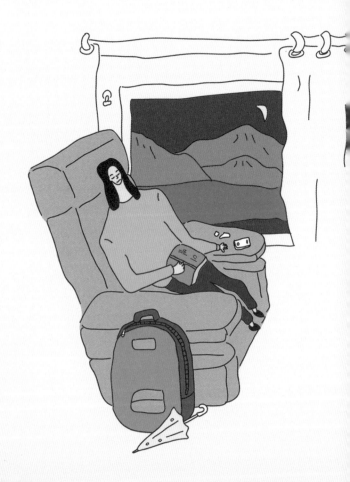

서로 다른 우리가
잘 어울리는 이유

오래 사귀다보면 서로 다른 가치관이 눈에 띄기 마련이에요.

이때 어느 한 사람이 상대의 가치관에 무리하게 맞추느라 자신을 돌보지 않으면 결국에는 불만이 쌓이고 쌓여 어느 순간 터지게 되죠.

'내가 이렇게까지 했는데, 이렇게까지 애썼는데, 이렇게까지 사랑했는데…' 이런저런 불만이 생겨서 사랑하는 것보다 사랑받는 것을 더 원하며 애정보다 욕구가 앞서게 돼요.

사랑하는 마음보다 사랑받겠다는 욕구가 커지면 사람의 마음은 부정적으로 기울고 비관적이거나 공격적으로 되기 쉽습니다. 그럼 또다시 감정의 균형을 잃고 소모적인 연애로 끝을 맺고 말겠죠.

서로의 가치관을 맞추는 것이 사랑이 아니라, 가치관의 차이를 그대로 받아들이는 것이 진짜 사랑이에요. 자신을 굽히면서까지 맞춰가는 순간, 가까운 미래의 이별을 예고하는 것이나 다름없어요.

사랑이 끝나고
나는 더 좋아졌다

우리는
친구가 될 수 있을까

첫 만남을 생각해보면 알 수 있는데요, 사귀기 전에 조금이라도 친구로 지낸 기간이 있었을 거예요. 그러다 연애 감정이 싹트면 대부분 지금의 관계를 잃고 싶지 않다는 갈등에 고민했을 겁니다. 애인 사이로 발전하면 더 이상 친구로는 되돌아갈 수 없다는 걸 본능적으로 알아차렸기 때문이죠.

그때부터 갈등이 눈앞에 펼쳐지고 선택을 하기 위해서는 각오가 필요해져요. 단단한 각오 쪽으로 마음을 굳힐 때, 비로소 진짜 연애가 시작됩니다.

연애가 끝난 뒤에도 친구로는 돌아갈 수 없다는 각오가 있어야 애인 사이로 발전할 수 있어요. 그러한 각오가 없다면 지금 관계에 머물러야죠.

헤어지고 나서 바로 친구로 돌아갈 수 있다면 애초에 연애 같은 건 할 수 없었던 관계였겠죠. 친구로 돌아가는 건 훨씬 더 나중의 일입니다. 일단 완전한 남남으로 되돌아간 다음에 말이죠.

다른 누구도 아닌
'너'를 위해서

Q 저는 고등학교 3학년 입시생입니다. 주위를 보면 수능을 이유로 남자 친구 또는 여자 친구와 헤어지는 친구들이 많아요. 저는 아무리 입시 때문이라고 해도 좋아하는 사람과 왜 헤어지는지 이해할 수가 없어요. 좋아해서 사귀는 건데 헤어진다고 해서 얻는 게 있나요?

일이나 공부에 방해가 된다면 그건 놀이예요. 사랑이 진심이었다면 일이나 공부의 능률이 떨어진 이유를 연애 탓으로 돌리지는 않겠죠. 오기로라도 더 열심히 할 거예요. 그 고집이야말로 연애에서 발휘되는 매력이니까요.

만약 연애 때문에 일이나 공부에 방해를 받는다면 세상의 모든 부부들은 일을 그만둬야 할 겁니다. 그들이 열심히 일할 수 있는 건 오히려 사랑하는 사람이 있기 때문이에요.

사람은 '나를 위해서'라고 생각하면 어느새 게을러지는 경향이 있어서 나를 위해 능력을 발휘하는 데는 무척 서툴고 어려워하는 법입니다. 하지만 소중한 누군가를 위해서라면 자신도 상상하지 못한 능력을 발휘하곤 하죠. 그래서 진심으로 사랑하는 대상이 있는 사람일수록 강인해질 수 있습니다.

싸울수록
사이가 좋다는 말

싸울수록 사이가 좋다는 건 말도 안 되는 소리예요. 걸핏하면 싸우는 커플에게는 상대를 존중하는 마음이 거의 없어요. 서로를 깔보고 있기 때문에 자기 말만 옳다고 할 뿐이죠.

'그래 그래, 알겠다고… 아, 귀찮아!' 이렇게 상대를 깔보는 마음으로 어느 한쪽이 져주게 됩니다. 무시당한 쪽은 이때 상대방의 얕보는 듯한 태도를 느끼겠죠. 그러면 결국 똑같이 상대를 무시하고 모진 말을 뱉게 됩니다. 연애의 막판에서 자주 볼 수 있는 광경이에요.

서로를 존중해주는 마음으로 상대를 대했다면 자기 의견만 밀어붙이지 않고 상대의 의견에도 귀 기울일 수 있었을 거예요. 싸움이 아니라 진솔한 대화가 오갔을 테니까요.

잦은 다툼은 오해와 무관심을 불러올 뿐이에요. 싸울 필요가 없을 정도로 대화를 거듭해나가는 관계야말로 오래도록 행복하게 지낼 수 있는 관계입니다.

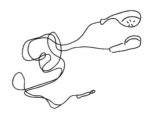

사랑이 끝나고
나는 더 좋아졌다

오래도록 사랑할
힘

Q 사귄 지 9개월이 된 남자 친구가 있어요. 그동안 헤어졌다 다시 만나기를 몇 번이나 반복했는지 몰라요. 화해할 때마다 이젠 싸우지 좀 말고 잘 지내자고 다짐을 하지만 잘 지켜지지 않아요. 솔직히 말해 지금은 좋아하는 건지 아닌지조차 모르겠어요. 근데 막상 헤어지려고 하면 또 왜 그렇게 망설여지는지. 헤어지고 싶은 것 같기도 하고 아닌 것 같기도 하고… 어떻게 해야 좋을까요?

👍 ▬▬▬   💬 ▬▬▬   ➡ ▬▬▬

헤어지고 만나고를 반복하는 이유는 마음 한구석에 이별을 가볍게 여기는 면이 있기 때문이에요. 헤어지면 두 번 다시 만나지 않겠다는 각오가 있어야 비로소 현재 자신의 마음을 확실히 알 수 있답니다. 끝이 있기에 현재가 소중한 거예요.

그런 각오가 없다면 현재 자신의 마음을 미처 깨닫지 못하고 '소중한 현재'를 당연하게 여기게 되어 자신이 상대를 진짜 좋아하는 건지 아닌지 확신할 수 없어질 거예요.

헤어졌다가 다시 만날 때는 각오를 하세요. 이번에야말로 관계를 소중히 이어나가겠다는 각오가 아니라, 이번에야말로 마지막이라는 각오 말이에요.

그런 다짐이 '평생 사랑할 각오'로 이어져요. 똑같은 연애 따위 되풀이하지 않는 현명한 사람이 됩시다.

내 행복에 당신은
필요하지 않습니다

없던 일이 될 수는
없으니까

아픈 기억을 통해 배운 지혜가 온전히 자신의 것이 되어서 더 이상 상처의 후유증에 시달리지 않게 되면 비로소 잊을 수 있습니다. 그 과정을 겪고 나면 언젠가 추억을 떠올려도 아픈 기억은 온데간데없이 사라지고 아름다운 추억이 오롯이 남게 되지요.

잊을 수 없는 쓰라린 기억이 여전히 남아 있다면 그건 아직도 배워야 할 것이 남아 있다는 뜻입니다. 언제까지고 괴로운 추억을 부여안고 살아가는 사람들은 과거를 없었던 일로 생각하고 싶어 합니다. 과거는 당연히 없어지지 않아요. 과거를 잊으려고 안간힘을 쓸수록 결국은 끝까지 괴로운 기억에 매몰된 채 살아가게 될 거예요.

쓰라린 고통으로 얼룩진 과거를 기억 한구석에 몰아넣으면 과거의 기억은 트라우마가 되고 맙니다. 트라우마는 인격에 끊임없이 영향을 미치기 때문에 치료하지 않으면 괴로움이 언제까지고 따라다닐 거예요.

과거의 자신을 꼿꼿이 마주하고 지혜를 익혀야 해요. 그때 얻게 되는 깨달음과 지혜가 자연스럽게 내 몸에 스며들 때 뇌는 '더 이상 이 기억은 필요 없어'라고 판단을 내리고는 그제야 지워줍니다. 잊으려고 애를 쓰면 쓸수록 과거의 자신이 '잊으면 안 돼!'라고 소리치며 뒤에서 잡아당깁니다. '잊지 않을게요. 고마워요'라고 여유롭게 생각할 수 있을 만큼 아픈 기억을 당당히 마주하면 과거의 자신이 도리어 잊어도 좋다고 격려해줄 거예요.

거리를 두면
새롭게 보이는 것

'나랑 사귀어줄래?' '행복하게 만들어줘.'
'다시 한 번 시작하고 싶어…'
이렇게 해줘, 저렇게 해줘, 줄기차게 자기 행복만을 바라는 연애라니,
대체 누굴 사랑하고 있던 거지?
나는 누구를 사랑했던 걸까?'

이 글은 대학 시절에 쓴 저의 일기입니다. 다시 읽어보니 그 시절의 뜨거웠던 마음이 느껴지네요. 한차례 연애가 끝난 뒤 실연에서 해방되어 홀로 일어섰을 때 겨우 터뜨릴 수 있는 질문이기도 합니다. 사랑의 본질에 관해 묻는다는 건 실은 굉장히 정답에 가까운 질문일지도 모르죠.

한 번의 연애가 끝나면 당당히 홀로 일어서야만 합니다. 연애의 소용돌이 속에 있을 때는 미처 알지 못했던 것들을 깨닫게 되거든요.

바닷속에서 헤엄치고 있을 때는 바다가 얼마나 넓은지 잘 알아차리지 못하는 법이에요.

연애가 끝나면
당당히 홀로 일어설
필요가 있어요.

self-esteem

10% ☐   130% ☑

마냥
기댈 수는 없어요

상대에게 지나치게 기대는 사람의 특징을 꼽아볼게요.

같은 음식을 너무 자주 먹는다.

마음에 드는 음악은 질릴 때까지 되풀이해서 듣는다.

계획 없이 돈을 쓴다.

사람 많은 곳을 싫어한다.

일은 막바지에 이르러서야 마지못해 한다.

"귀찮아" "졸려" "지겨워!"라는 말을 입에 달고 산다.

윗사람과의 커뮤니케이션에 서툴다.

편한 사람에게는 말이 거칠다.

낯가림이 심하다.

자신에게 해당되는 항목이 많다고요? '아! 나 그 사람에게 너무 많이 의존하고 있나봐'라고 생각하셨나요? 그렇다면 아직 바뀔 여지가 있어요. 딱 봐도 자기 이야기면서 '뭔 소리야, 이 사람 짜증 나게!'라는 말이 튀어나온다면 중증이고요.

너 없이도
가능한 행복

헤어진 연인을 포기하지 못하는 마음보다, 행복했던 자신을 단념하지 못하는 마음이 더 깊은 집착을 부릅니다. 아무리 멀리 내달려도 자신으로부터는 결코 도망칠 수 없기 때문이에요.

연애 기간이 길든 짧든 미련은 생기기 마련이에요. 그런데 상담을 많이 하다보면 '그렇게나 미련이 남을까!' 하고 놀랄 정도로 오래, 아주 오랫동안 과거에 연연하는 사람이 의외로 많습니다. 그건 이미 미련이라기보다 집착에 가까워요. 이들 대부분은 사귀면서 자신의 행복을 모두 연인이 채워야 할 몫으로 맡겼던 사람입니다.

사랑하는 사람을 자신이 행복하기 위한 도구로 삼았던 거예요. 이렇게 상대에게 기대고 의지하는 스타일의 연애를 하는 사람은 그 사람보다도 상대에게 사랑받는 자신이 소중하다고 여깁니다.

그 사람을 잃은 상실감보다 행복했던 자신을 잊지 못하는 데서 비롯된 실망감이 커지면, 과거의 기억으로부터 언제까지나 벗어나지 못하고 오래도록 미련을 끌어안은 채 살아가게 돼요.

이런 사람들에게는 실연을 새로운 연애로 덧칠해 감추려는 성향도 있습니다. 시간이 아무리 흘러도 연애로부터 자립하지 못하는 악순환에 빠지기 쉬우니 조심해야 합니다. 연애 없이는 행복을 찾지 못한다면 너무 초라하잖아요.

징징댈 바엔
엉엉 울어버려요

Q 저는 아무리 힘이 들어 울고 싶어도 울면 지는 거라는 생각에 절대 울지 않습니다. 운다고 무슨 의미가 있겠어요? 아무것도 달라지지 않을 텐데요. 울어봤자 시간만 아깝지 않나요?

👍 ▬▬▬   💬 ▬▬▬   ➡ ▬▬▬

울지 않고 살아가는 삶을 택하셨군요. 울지 않으려고 다른 사람과 관계 맺기를 피하고, 울지 않으려고 최선을 다하지 않고, 울지 않으려고 깊이 생각하지 않고, 울지 않으려고 욕심도 없이 사는 건가요? 그렇게 살다보면 어떤 일에도 무관심해지고 감동도 느끼지 못할 거예요. 울지 않고 사는 건 실은 쉬워요. 마음을 완전히 닫고 살면 눈물 같은 건 나오지 않으니까요.

울지 않는 건 강인해서가 아니에요. 우는 자신의 모습이 두려운 것뿐이죠.

눈물을 흘리는 대신 우는소리를 하는 것은 나약해서일지도 모르겠어요. 우는소리 하지 않고 참아낸 강인함이 눈물이 되어 나오는 겁니다.

헤어진 애인이
먼저 연애를 시작했을 때

헤어진 상대가 자기보다 먼저 새 연인을 만나면 뭐라 표현하기 힘든 열등감이 생길 거예요. 혹여 미련이라도 남아 있다면 더더욱 자신이 비참하게 느껴질 테고요. 그 사람은 벌써 이별의 아픔을 깡그리 잊어버린 걸까 하는 생각에서 비롯된 열등감 때문이에요. 자기만 여전히 실연의 상처 속에서 초라하게 남겨져 허우적거리는 거 같겠죠.

하지만 이별 뒤 어느 정도의 기간도 없이 새로운 연애를 빨리 시작하는 사람은 실연을 완전히 딛고 일어선 것이 아닐지도 모릅니다. 오히려 실연의 아픔을 무작정 덮어버리기 위해 새로운 사람을 만나는 걸 수도 있어요.

매일같이 그런 내용의 상담이 들어오는데요, 이별의 아픔을 딛고 일어설 수 없어서 다른 연애로 도망치는 사람이 무척 많아요. 그러니 상대가 먼저 연애를 시작했다고 열등감을 느낄 필요는 전혀 없어요. 오히려 헤어지고 나서 먼저 새로운 연애를 시작하는 사람은 아픔을 마주할 용기가 없는 사람이라고 생각해도 됩니다.

쓸데없는 연애 따위 할 필요 없잖아요. 굳건히 홀로 일어선 사람이 승자예요. 이별 따위에 지지 마세요.

사랑이 끝나고
나는 더 좋아졌다

나를 사랑할 수 있는
힘

미련을 끊는 과정을 살펴보면요, 보통은 더 이상 견딜 수 없어서 어쩔 수 없이 결단을 내리게 되더라고요.

질질 끌면 스스로가 싫어질 게 뻔하니까 자기방어 차원에서 미련을 끊어버리는 거죠. 자신을 싫어하고 싶은 사람은 없으니까요.

미련은 예전 같은 관계로 돌아가고 싶다는 기대에서 생겨요. 그런 마음을 품은 자신이 싫어져서 기대 따위 던져버리고 그냥 쓸쓸하게 지내는 쪽이 낫다고 마음을 고쳐먹는 거예요. 즉 스스로를 싫어하지 않으려는 방어기제가 작동하는 겁니다.

이때 자신을 사랑할 수 있는 힘이 생겨요. 이 힘이 스스로를 더 성숙한 사람으로 성장시킵니다.

연애에 대한 기대와 미련을 버리고 혼자서도 잘 생활해나가겠다는 다짐을 했을 때 비로소 연애로부터 진정한 홀로서기가 가능해집니다.

연애에서 나만의 자리를 찾지 못하면 자립적인 연애를 할 수 없어요. 상대방을 좋아하는 자신의 모습이 싫어졌다면 그 연애는 이미 끝난 겁니다.

사랑이 끝나고
나는 더 좋아졌다

연애로부터
홀로서기

누군가를 좋아하는 건 플러스 감정으로, 안정감을 주는 긍정적인 감정입니다. 반면 상대가 나를 사랑하길 바라는 마음은 마이너스 감정으로, 불안감을 일으키는 부정적인 감정이죠.

내가 주체가 되어 상대를 사랑하는 것이 아니라 사랑받기를 갈구하는 마음이 커져버리면 감정은 점차 부정적인 쪽으로 흘러가게 됩니다. 마이너스 감정은 플러스 감정처럼 온화하지 않아요. 마음 찢어지는 아픔이 수반되는 강렬한 감정이죠.

이런 감정을 단지 내가 상대를 사랑하기 때문이라고 생각하면서 대수롭지 않게 넘겨버리면 '내가 이 사람을 정말 많이 사랑하는구나'라고 착각하게 됩니다. 원하는 만큼 사랑을 쏟아부어 주는 사람이 있기는 할 테지만 그 연애는 바람직하다고 말할 수 없어요.

사랑받기를 바라는 마음이 어느 정도 이상으로 커지면 정말 이 사람을 사랑하는지 확신이 없는 자신의 진짜 감정을 깨닫게 됩니다. 그리고 갑자기 차갑게 변심해서는 자신을 사랑해준 사람을 상처 입히고 말죠.

이런 사람은 일방적으로 차였을 때 더 사랑해달라고 집착하기도 해요. 사랑받으면 버리고 버림받으면 집착하는, 참으로 난감한 사람이지요. 자신의 본모습을 제대로 바라보지 못하는 이상 똑같은 연애를 반복할 뿐입니다.

누군가를 진심으로 사랑하게 되면 만나지 못해 생기는 외로운 시간까지도 온유하게 받아들일 수 있는 법입니다. 홀로 서지 못하는 사람은 둘이 될 수도 없습니다.

충실해야만 하는
나의 보통날들

부정적인 감정의 굴레에서 빠져나오지 못하는 사람들에게는 공통점이 있는데요, 바로 너무 여유로워서 망가진다는 거예요.

고민이나 불만, 험담 등 부정적인 감정을 쏟아내는 건 분명 그럴 시간이 많아서겠죠. 눈앞에 닥친 일이 급급해 바쁘게 일해야 할 때에는 그런 데 신경 쓸 짬조차 없을 테니까요.

한가한 시간은 많든 적든 누구에게나 있기 마련이지만, 평소 바쁘게 지내는 사람일수록 그 시간을 지친 몸과 마음을 쉬게 하는 데 쓰거든요.

일상을 알차게 보내지 않는 사람일수록 부정적인 감정이 흘러나와서 시간을 다스리지 못하고 스트레스가 쌓여가는 악순환의 덫에 빠지게 됩니다.

일상을 얼마나 충실하게 보내느냐가 부정적인 생각에서 벗어날 수 있는 열쇠인데, 부정적인 생각에 사로잡힌 사람일수록 충실한 삶은 누군가 거저 주는 거라고 여기더군요. 아무것도 하지 않으면서 그저 받기만 바라며 그렇게 수동적으로 생각해버리는 겁니다.

당연히 그런 일은 일어나지 않아요. 누가 거저 줄 리 없잖아요. 원하는 삶을 받지 못한 데 불만을 느끼고 한가할 때면 불평불만이 가득 차올라 터져 나오고… 악순환이죠.

만족스러운 삶은 다른 사람에게 받는 게 아니에요. 주체적인 노력으로 공부하고 노력하며 스스로 만족할 만한 일상을 만들고 쌓아가도록 하자고요.

일상을 충실히 보내는 방법만이 부정적인 감정에서 빠져나오는 최선책입니다.

혼자여도
자존감 높은 사람

만족스러운 날들을 보내는 데 연애가 반드시 필요한 건 아니에요. 연애는 생활을 알차게 만든다기보다는 보통의 일상을 아름다운 색으로 물들여줍니다.

애인이 없는 사람보다 애인밖에 없는 사람이 불행하듯이, 연애가 곧 행복인 건 아니라는 뜻이에요.

연애에 집착하는 사람은 연애를 해야만 일상을 충만하게 살아가고 있다는 기쁨을 느끼는 것 같아요. 뒤집어 말하면, 연애를 하지 않는 생활에 만족하지 못하는 자신을 견디기 힘든 거죠. 연애를 포기한 자신의 모습이 매력적이지 않다고 생각하며 금세 싫증내버리는 거예요.

당신의 인생은 그렇게 되어선 안 돼요. 누군가와의 관계 속에서가 아니라 혼자 있을 때에도 곧게 일어설 수 있어야 비로소 자신만의 매력을 발견할 수 있을 겁니다.

그렇게 발견한 나의 매력적인 모습이 점점 좋아진다면 애인이 없더라도 행복을 느낄 수 있어요. 혼자일 때야말로 자신의 진정한 가치를 발견할 수 있는 때입니다.

연애는 보통의 일상을
아름다운 색으로 물들여줍니다.

내 행복에
당신은 필요하지 않습니다

사랑하던 사람과 헤어진 뒤 상대가 불행하기를 바라는 사람이 있는가 하면 상대가 행복하기를 바라는 사람도 있을 거예요. 실은 이 두 경우 모두 마음 밑바탕에는 집착이 자리하고 있어요. 둘 다 똑같아요. 집착의 근원은 보상받고 싶은 마음에 있습니다.

　헤어진 연인의 불행을 바라는 사람은 사랑한 보답으로 행복을 돌려받지 못했다는 것에 배신감을 느끼고 상대가 잘 지내지 못하기를 바라죠. 반면에 옛 연인의 행복을 바라는 사람은 말과는 달리 자신이 관여하지 않는 곳에서 상대가 행복해지는 걸 바라지 않습니다. '새 연인이 생기면 응원할게'라는 마음은 정작 새로운 연인이 생기면 무관심하게 있을 수 없겠다는 공포심을 응원의 형태로 탈바꿈한 것뿐이에요. 그러니 사랑했던 마음을 돌려받지 못해서 생긴 분노가 뿌리가 되어 자꾸 치밀어 오르는 겁니다.

　헤어지자는 말은 내 행복에 당신은 필요하지 않다는 선언이나 다름없습니다. 떠나간 사람의 행복에 내가 끼어들 틈은 없어요.

　딱 잘라 말하자면, 아예 관심을 끊어버리는 게 그는 그대로, 나는 나대로 행복할 수 있는 가장 좋은 방법이에요. 진심으로 그의 행복을 기뻐할 수 있게 되는 건 훨씬 더 나중의 일입니다. 서로 완전한 타인으로 돌아가서 상대방과 관계없이 각자의 행복을 찾을 때 말이에요.

오늘 내리는 비는
내일 피는 꽃을 위한 것

울지 않는 방법요, 사실 별거 없어요. 자존심을 포기하면 눈물 따위 안 나오거든요. '어차피 난 이 정도밖에 안 돼' 하고 자포자기하면 울 수 없게 되어버려요.

눈물 흘리는 게 좋지 않다고 생각하기 쉽지만 사실 부정적인 사람일수록 울지 못하는 법이에요. 자신을 소중하게 생각하지 않고 포기해버린 사람은 자신을 위해서는 울 수가 없어요.

울 수 있다는 건 실은 긍정적인 의미입니다. 자신을 내던져버리지 않았기에 나를 위한 눈물을 흘릴 수 있는 거예요.

더 반듯하게 홀로 서고 싶다, 한층 더 성장하고 싶다, 더욱 행복해지고 싶다는 적극적인 바람이 눈물이 되어 흐릅니다.

가령 어린아이가 울고 있을 때 "울지 마"라고 야단친다고 울음을 그치는 아이는 없어요. 오히려 더 서럽게 울걸요. "울어도 괜찮단다"라고 말해주면 아이는 마음 놓고 울고는 조금 후에 눈물을 뚝 그칠 거예요. 어린아이에게 하듯 어른이 되면 스스로에게 눈물을 허락해줘야 해요. 그건 자신을 사랑하는 방법이기도 합니다.

안심하고 마음껏 우세요. 이 세상에 흘려서는 안 되는 눈물 따위 존재하지 않아요. 울지 않아야 강인한 사람이라고 생각하지 마세요. 쉬이 눈물 흘린다고 철 들지 않은 사람이라 여기지 않아도 돼요. 오늘 내리는 비는 내일 피는 꽃을 위한 거니까요.

더 잘 이별하기
더 잘 사랑하기

헤어지자는 말이 누군가의 입 밖으로 나왔다면 아직 좋아하는 마음이 남아 있을 거라든가, 상대의 감정을 모르겠다든가, 또는 이별의 이유가 납득이 가지 않는가든가 하는 말을 할 때가 아니에요. 내 마음이 어떻든 간에 이별은 단지 분명한 현실입니다. 헤어지면 그걸로 끝. 그게 다예요.

이별은 되돌릴 수 없는 일이라고 마음을 단단히 먹어야 하기에 어려운 거예요. 그만한 각오도 없다면 이별한 뒤에 앞으로 나아갈 수 없어요.

사랑의 가장 중요한 스킬은 사랑하는 법도 사랑받는 법도 아닌 이별하는 법입니다. 이별을 통해 사랑하는 법과 사랑받는 법을 배우고 더 나은 사랑을 위해 나아갈 수 있으니까요.

잘 헤어질 수 있는 사람이 다른 사람을 제대로 사랑할 수 있어요. 사랑을 제대로 한 사람은 같은 눈물을 두 번 흘리지 않아요. 한 번 이별을 결심했다면 확실히 혼자로 돌아오세요.

영원한 삶이 있다면
이렇게까지 사랑할 수 없을 거예요

헤어짐이 없는 만남은 존재하지 않습니다. 지금 아무리 사이가 좋아도 언젠가는 헤어질 수밖에 없으니 영원히 함께한다는 건 불가능한 일이죠. 아무리 사랑한다 해도 한 번 살다 죽음으로 돌아가는 시간 속에서 언젠가는 반드시 이별의 순간이 다가올 거예요.

상상만 해도 괴롭고 슬프지만, 언젠가 이별이 찾아올 걸 알기에 지금이라는 시간이 얼마나 소중한지 깨달을 수 있습니다. 소중한 관계를 허투루 대하지 않고 진심으로 사랑할 수 있는 건 그 때문이에요.

만약 언제까지나 함께할 수 있는 영원한 생명이 있다면 아마도 이렇게까지 사랑할 수는 없을 거예요. 언젠가는 헤어질 수밖에 없는 사이니까 매 순간 충실할 수 있고 마지막 순간까지 사랑할 수 있는 거 아닐까요.

젊은 혈기가 떠민 실수로 끝나버린 연애들을 돌이켜보면 당시에는 영원히 계속될 거라고 여겼던 것 같아요.

이별 따위 눈곱만큼도 생각하지 않았으니까 고민 한 조각 없이 관계에 안주했고 마음 어딘가에서 사랑을 소홀히 하며 부질없이 시간을 소모했던 거예요. 그러고는 결국 이별한 뒤 사라지지 않는 미련에 갈등했던 것 같아요.

진작 알았더라면 마음껏 사랑할걸, 떨쳐버리기 힘든 기억에 괴로워한 스스로를 이제 와서 돌아보게 되네요.

물론 저는 오래 살고 싶고 상대도 오래 살기를 바랍니다. 하지만 영원히 사랑할 수 있도록 가끔은 이별의 순간을 상상하기도 해요. 지금의 관계에 그저 기대고 있지만은 않은지, 최선을 다하지 않고 있지는 않은지 스스로 묻기 위해서요.

미처 다 주지 못한 사랑의 마음이 찌꺼기처럼 남지 않도록 제 자신을 다잡으면서 언젠가 찾아올지 모를 이별을 그려봅니다.

그 덕분인지 모르지만 지금 곁에 있는 사람과는 이미 충분히 오랜 시간을 함께해왔는데도 빛바래지 않은 채로 지내고 있어요. 세월이 흐를수록 사랑이 더 깊어질 듯한 기분도 들어요.

어릴 때는 상대의 어떤 모습을 사랑하는지 몰랐지만 지금이라면 확실히 알 것 같아요. 그 사람의 삶 전체를 사랑하고 있었다는 걸요.

사랑하고 또 사랑해도 부족하지만 이 마음 잊지 않도록 지금 옆에 있는 사람의 인생에 끝없이 애정을 주는 것이, 진짜 사랑하는 마음이 향하는 길이라 생각합니다.

사랑이 끝나고 나는 더 좋아졌다

초판 1쇄 인쇄 2018년 4월 17일
초판 1쇄 발행 2018년 4월 24일

지은이 디제이 아오이
옮긴이 김윤경
펴낸이 김선식

경영총괄 김은영
책임편집 박화수 **디자인** 심아경 **크로스교** 강경선 **책임마케터** 이고은, 기명리
콘텐츠개발3팀장 윤세미 **콘텐츠개발3팀** 심아경, 강경선, 박화수
마케팅본부 이주화, 정명찬, 최혜령, 이고은, 이승민, 김은지, 유미정, 배시영, 기명리
전략기획팀 김상윤 **저작권팀** 최하나, 추숙영
경영관리팀 허대우, 권송이, 윤이경, 임해랑, 김재경, 한유현
외부스태프 쓰리민쓰_안영훈(일러스트)

펴낸곳 다산북스 **출판등록** 2005년 12월 23일 제313-2005-00277호
주소 경기도 파주시 회동길 357 3층
전화 070-5080-3678(기획편집) 02-6217-1726(마케팅) 02-704-1724(경영관리)
팩스 02-322-5717 **이메일** dasanbooks@dasanbooks.com
홈페이지 www.dasanbooks.com **블로그** blog.naver.com/dasan_books
종이 한솔피엔에스 **출력·인쇄** 갑우문화사
ISBN 979-11-306-1677-3 (03830)

• 책값은 뒤표지에 있습니다.
• 파본은 구입하신 서점에서 교환해드립니다.
• 이 책은 저작권법에 의하여 보호를 받는 저작물이므로 무단 전재와 복제를 금합니다.
• 이 도서의 국립중앙도서관 출판시도서목록(CIP)은 서지정보유통지원시스템 홈페이지(http://seoji.nl.go.kr)와
  국가자료공동목록시스템(http://www.nl.go.kr/kolisnet)에서 이용하실 수 있습니다. (CIP제어번호 : CIP2018011232)